Ohne Brot nichts los
Von Anna Mira Lindholm
Erschienen Dezember 2008

Die Deutsche Nationalbibliothek verzeichnet diese Publikation in der Deutschen Nationalbibliografie; detaillierte bibliografische Daten sind im Internet über http://dnb.d-nb.de abrufbar.

Herstellung und Verlag: Books on Demand GmbH; Norderstedt

Titelbild „Frühling", Öl auf Leinwand,
von
Anna Mira Lindholm

ISBN-13: 978-3-8370-7929-6

Anna Mira Lindholm

Ohne Brot nichts los

Eine Kindheit auf dem Land im Mikrokosmos von Grossfamilie und Dorf, beschrieben mit westfälischem Augenzwinkern

Ohne Brot nichts los

Vorwort *7*

Unser neues Zuhause *9*

Neue alte Routine.......................................*23*

Christine, Kind Nr. 7 ....*33*

1939, Pferdekauf *39*

Herbst 1939...*49*

Herbst 1940...*55*

Frühjahr 1941, Waschtag............................*59*

1942, Wir bekommen Fremdarbeiter *67*

1943, Meine Erstkommunion.......................*75*

Weihnachten 1943......................................*85*

Neujahr Januar 1944..................................*89*

März 1944, Hansjosefs Einberufung...........*97*

1944, Vaters Unfall...................................*103*

Wir sind reich *111*

Dezember 1944, Tiefflieger *121*

Frühjahr Mai 1945, Kriegsende *127*

Die Befreiung...*131*

Ernte nach Kriegsende.............................*137*

Weiter geht's...*139*

Ernte 1946 .... *143*

Der Nationalsozialismus in Bu. *149*

Das 1. Schützenfest nach dem Krieg *151*

Nachwort *155*

Vorwort

Geboren 1933 in Ostwestfalen, erlebte mein Vater zwischen 1936 und 1947 eine typische Jugend auf dem ‚platten' Land, als fünftes und mittleres Kind einer - notgedrungen - anspruchslosen bäuerlichen Grossfamilie. Seinen spannenden Geschichten konnte ich stundenlang lauschen. Das Buch ‚Ohne Brot nichts los' spiegelt wider, was meine Phantasie daraus gemacht hat.

Ich habe mich gewissermassen dazu geschummelt, bin in die kindliche Person meines Vaters Heinzfriedel geschlüpft und habe statt seiner die Akteure in der Familie beobachtet und kommentiere mit westfälischem Humor. Hin und wieder kann ich mir einen ironischen, vielleicht sogar altklugen Kommentar aus Sicht des Jetzt nicht verkneifen.

„Wir" waren eine typische Grossfamilie auf dem Land: ein unabhängiger Betrieb mit Viehwirtschaft, Äckern, vielen Kindern, Hunden, Pferden; mit Onkeln und Tanten, Oma, Knechten und Mägden. Abhängig von Wind, Wetter und unserem eigenen Geschick. Ohne Bargeld. Unser Motto hiess: "Wir haben alles, nur kein Geld". Unser Leben verlief im Rhythmus der Jahreszeiten, regelmässig, gleich-bleibend, unverändert, während wir Kinder gewitzter, grösser und erwachsen wurden und die Welt um uns herum sich veränderte.

Ort der Ereignisse ist ein Dorf in Ostwestfalen. Es liegt geschützt hinter dem Haarstrang der Soester Börde, auf der Grenze zwischen Sauerland und Münsterländer Tiefebene. Wirklich grössere Städte gab und gibt es nicht in der Nähe, die nächste ist wohl Dortmund, ca. 80 km westlich von hier. Das Dorf Bu. gibt es schon ewig, die erste urkundliche Erwähnung stammt aus dem Jahr neunhundertirgendwas. Jetzt soll das aber keine Geschichte über Bu. werden, sondern vielmehr eine über mich und meine Kindheitserinnerungen. Wenn ich mir anschaue, wie mein Enkel aufwächst, muss ich wieder an meine eigene Kindheit denken. Wie bei einer Kettenreaktion fallen mir Geschichten und Dönekes (eine Art westfälische Anekdoten) ein: je länger ich darüber nachdenke, desto mehr.

Haben Sie Lust, sich mit mir zurück in die 40er Jahre zu versetzen? Gut, los geht's.

Unser neues Zuhause

Im späten Frühjahr 1936 trabten der Zweispänner und die beiden Fuhrwerke, die unsere bewegliche Habe transportieren, in Bu. ein. In der Kurve etwa in der Dorfmitte verfielen die Pferde in Schritt. Schon von weitem hatte der Vater auf das schwarz-weisse Fachwerkhaus gewiesen und gesagt: "Das ist es. Endlich. Euer neues Zuhause. Unser Stammhof."

Heute morgen erst waren wir in aller Frühe aus Sundern aufgebrochen, wo meine Eltern acht Jahre lang als Pächter das Gut Schnellenhaus bewirtschaftet hatten. Nach ihrer Heirat war es für die Eltern schlichtweg unmöglich gewesen, als junges Ehepaar in Bu. auf dem Stammhof des Vaters ein eigenes Plätzchen zu finden, obwohl er der Älteste und Hoferbe war. Sein Vater lebte schon lange nicht mehr, aber alle seine 8 Brüder und Schwestern sowie seine Mutter wohnten, lebten und arbeiteten noch dort. Aus Rücksicht auf seine frischangetraute Frau hatte der Vater es 1927 bei der Heirat vorgezogen, ein unabhängiges Familienleben zu haben.

Gut Schnellenhaus ermöglichte uns zwar ein ordentliches, regelmässiges Einkommen. Trotzdem wurden die Eltern dort nicht richtig heimisch. Vater drängte es danach, Eigenes erfolgreich zu bewirtschaften. Obwohl ein Pachtvertrag normalerweise über mindestens neun Jahre lief, kehrten wir bereits 1936 vom Gut Schnellenhaus zurück auf den Stammhof. In der Zwischenzeit waren aus zwei Personen mittlerweile acht Figuren geworden. Durchschnittlich kam bei uns so ungefähr nach 1 ½ Jahren immer das nächste Geschwisterchen. Die Eltern mussten sich schliesslich beeilen: Der Vater war schon 35 Jahre gewesen, als sie im November 1927 heirateten; und die Mutter immerhin schon 29. Und wie sie sich beeilten, das ging Schlag auf Schlag: Zuerst kam mein Bruder, der Hansjosef, im September 1928. 19 Monate später folgten die Zwillinge Louise und Ilse, im April 1930. Die nächste war Roswitha, Oktober 1931. Dann, im März 1933 erschien meine Wenigkeit auf der Welt. Anfang des Jahres, im Februar, war unsere kleine Marlene geboren worden. Sie war gerade erst ein paar Monate alt.

Damals wussten wir natürlich noch nicht, dass wir einmal neun Geschwister sein würden. Und ich genau in der Mitte sein würde, vier vor mir, vier nach mir. In der Mitte, aber selbstredend kein Mittelmass.

Vor allem die Mutter hatte das Bedürfnis nach einem Zuhause verspürt. Da passte es gut, dass auch die Onkel sich in den letzten Jahren als Pächter anderswo selbständig gemacht hatten, besonders Onkel Bernhard, der den Hof in Bu. bis jetzt stellvertretend geführt hatte. Onkel Josef war vor fünf Jahren nach Oesterheiden gezogen, wo er ein Gut namens Ringe gepachtet hatte. Letztes Jahr hatte auch Onkel Bernhard etwas gefunden. Er hatte sich nach Norddeutschland gewagt, nach Mecklenburg. Onkel Fritz sagte, er habe dort einen wirklich grossen Hof gepachtet. Ich glaube, Onkel Fritz war sogar mit ihm da oben gewesen, um bei der Entscheidung zu helfen. Jedenfalls gab es wieder etwas Platz im Haus für uns.

Vater tat natürlich auf der Fahrt unaufgeregt wie immer. Aber Mutter konnte ihre Nervosität nicht verstecken. Abwechselnd strahlte sie und freute sich auf das echte Zuhause, dann wieder wurde sie nachdenklich und versuchte, sich das Leben dort vorzustellen, den gemeinsamen Haushalt mit der Schwiegermutter und ihren drei Schwägerinnen.

Diese unterschiedlichen Reaktionen waren typisch. Meine Eltern waren auch äusserlich total verschieden, ein bisschen so wie Pat und Paterchon (Sie erinnern sich an das dänische Komikerduo der Stummfilmzeit?): Er klein und schlank, sie gross und eher kräftig. Wenn ich einen Steckbrief meiner Eltern verfassen sollte, würde der wohl so aussehen:

Der Vater war ein geborener Bu.rer. Im wahrsten Sinne des Wortes im Bett der Mutter auf eben diesem Hof zur Welt gekommen, der jetzt neu unser Zuhause werden sollte. Nicht grösser als 1,63 cm (der Vater, nicht das Bett), aber ein echtes, dynamisches Energiebündel. Er war einer, der sofort Vertrauen erweckte. Die Menschen, auch westfälische, vertrauten ihm schon nach kurzer Bekanntschaft. So wie letztes Jahr der Pferdehändler. Es hiess oft: "Wenn einer das schafft, dann der Franz." Anderen Kindern gegenüber war ich immer sehr stolz darauf. Wenn ihm seine Arbeit Zeit liess, war er fröhlich und gesellig und liebte es, mit den Handwerkern und Nachbarn zusammen zu sein.

Und meine Mutter? Er behauptete immer voller Stolz, "sie war das "lustigste Ding" im ganzen Dorf und in der Umgebung". Eine sehr witzige Bemerkung angesichts ihrer körperlichen Grösse. „Ausserdem höchst schlagfertig (stimmt, sie war uns immer einen Takt voraus). Ihren Grübchen konnte niemand widerstehen." Deswegen hätte er auch eine ganze Reihe von Konkurrenten und Verehren aus dem Feld zu schlagen gehabt. Ihr verschmitzter Charme brachte uns alle oft zum Lachen. Trotz der vielen Kinder und der zahlreichen Arbeiten schaute sie immer auf Ordnung. Unsere Kleidung war, soweit es die Umstände zuliessen, immer in Ordnung. Sie fand stets genügend Zeit, um die langen Zöpfe der Mädels ordentlich und fest zu flechten. Sie war äusserst gutmütig, humorvoll, liebte Spass und lachte einfach für ihr Leben gern.

Und die anderen Attribute? Beide waren energisch, fleissig und logistisch höchst talentiert. Und mit ihrem Leben zufrieden. Die starke Persönlichkeit des Vaters sorgte dafür, dass auch neue Bekannte schnell vergassen, dass die Mutter den Vater um einen ganzen Kopf überragte.

Wir fuhren vor dem grossen Deelentor vor und hielten hintereinander. Jetzt konnte ich erst richtig sehen, wie gross die Hofburg war. Die beiden Schäferhunde dort an der langen Kette, mit der sie den freien Platz zwischen Haus und Remise abdecken konnten, begrüssten uns mit lautem Bellen. Unsere eigene Hündin Bella kläffte zurück und liess sich kaum noch auf dem Wagen halten. Fremde konnten den Hof auf diesem Weg nicht unbemerkt betreten. Wer etwas wollte, musste vorne an die Küchentür klopfen.

Es gefiel uns auf Anhieb. Zur Begrüssung kamen Leute aus dem Stall und aus dem Haus. Von allen Seiten kamen sie. Wir Kinder kannten bisher nur zwei davon: die Oma und Onkel Fritz, die uns schon auf Gut Schnellenhaus besucht hatten.

Louise und Ilse, die Zwillinge, sprangen vom Wagen und liefen schnurstracks auf die Oma zu. Die streckte je einer die Hand entgegen und murmelte "Willkommen in Bu.". Sie sah schon sehr imposant aus, mit ihrem dunklen langen Kleid und der blauen Schürze, obwohl nicht viel grösser als der Vater. Neben ihr erschienen zwei jüngere weibliche Wesen. Das eine war Tante Lilli und die andere Tante Roswitha. Besonders Tante Lilli schien sehr nett zu sein, sie lächelte mich an und begrüsste mich wie einen Erwachsenen.

Onkel Fritz kam aus dem Pferdestall, schwenkte seinen Hut, und rief: "Da seid ihr ja endlich". Dann halfen er und Vater der Mutter, die Magdalena im Arm hielt, vom Wagen.

Hansjosef, der älteste von uns, hob Roswitha auf den Boden und begrüsste mit ihr zusammen die Oma und die Tanten. Ich hielt derweil Bella so fest ich konnte an der kurzen Leine fest.

Es war ein freundlicher Empfang. Nicht überwältigend, das ist nicht westfälische Art. Und auch nicht herzlich, denn unser Vater war ja der Erbe und rechtmässige Besitzer. Unsere Ankunft würde Änderungen zur Folge haben. Die Begrüssung endete damit, dass wir erst einmal in die Gute Stube geführt wurden, wo es zur Feier des Tages Kaffee, Streuselkuchen und für uns Kinder Himbeersaft gab.
In der Küche lernten wir auch Tante Tresgen kennen, die eigentlich wie ihre Mutter Theresia hiess. Sie war aber nicht so hübsch wie Tante Lilli. Onkel Fritz stellte uns noch Alfons, den Pferdeknecht, vor und Irmgard, die Magd. Die beiden holten sich ihre Stücke Streuselkuchen aus der Küche, verschwanden dann aber wieder nach draussen. Wir Kinder machten wohl einen gehörigen Lärm, an den sich die Bu.r erst einmal gewöhnen mussten.

Danach luden die Erwachsenen die Fuhrwerke ab, während wir Kinder loszogen, den Hof zu entdecken.

Vater hatte uns erst gestern Abend noch aufgezeichnet, wie der Stammhof aussah. Als wir jetzt auf den inneren Hof liefen, sah ich erst, wie imposant die ganze Anlage war. Eine Hofburg, mit Gebäuden nach allen vier Himmels-richtungen. Gleich rechts an der Einfahrt stand das Wohn-haus, ein Fachwerkbau aus dem Jahr 1763, erbaut zu Ende des 7jährigen Krieges. Vorbei an der Hundehütte liefen wir links an der langgestreckten Remise vorbei. Sie war unten offen, das Geschoss darüber, die Kornbühne, mit Brettern geschlossen. An das Ende der Remise, hinter der Holz-treppe nach oben, schloss quer der grosse Getreide-schober an. Nach einer schmalen Durchfahrt - die wie ich wusste zur grossen Obstwiese und dem Nutzgarten führte -

kam dann bereits die vierte Seite der Hofburg mit den Ställen. Die Ställe waren fortlaufend aneinander ergänzt worden, allerdings von hinten vom Pferdestall hin nach vorne zum Haus. Vater selbst hatte dafür gesorgt, dass um 1920 der Schweinestall neu dazukam, hatte den Getreideschober erweitern lassen und die Remise verlängert bis zum ehemaligen Backs (Backhaus). Damit waren die letzten Lücken geschlossen worden und die Hofburg entstanden. Durch den ungeraden Grenzverlauf stiess diese vierte Seite nicht im üblichen 90° Winkel an das Haus, was dem ganzen einen ungewöhnlichen Pfiff gab.

Gegen Abend zogen wir acht erst einmal in das Zimmer vorne rechts neben der Deele, dem ehemaligen umgebauten Pferdestall. Das war ein mittelgrosser quadratischer Raum, direkt Wand and Wand mit den Hühnern, und ab sofort das Elternschlafzimmer. Für den Anfang kamen zwei weitere Betten in den Raum, zusätzlich zu einem bereits vorhandenen Doppelbett und einer Wiege in der Mitte für Marlene. Nur wer die Luft anhielt, konnte sich noch in dem Raum bewegen. Unsere restliche Habe blieb an diesem Abend in der Deele.

Es roch noch ein wenig nach dem Lavendelduft der Oma, die den Raum vermutlich erst heute morgen verlassen hatte und nach oben gezogen war.

Skizze Hof

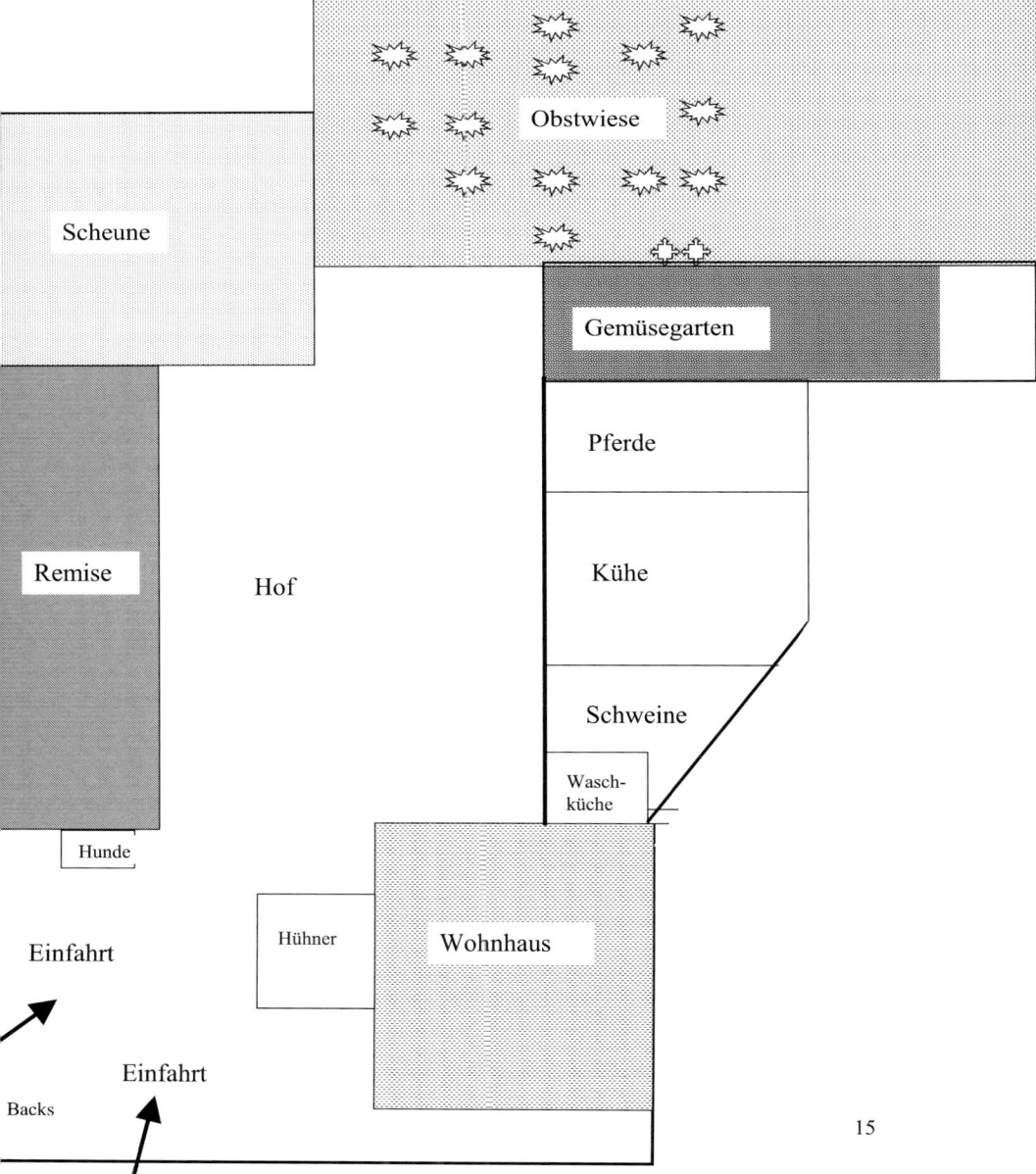

Skizze Haus

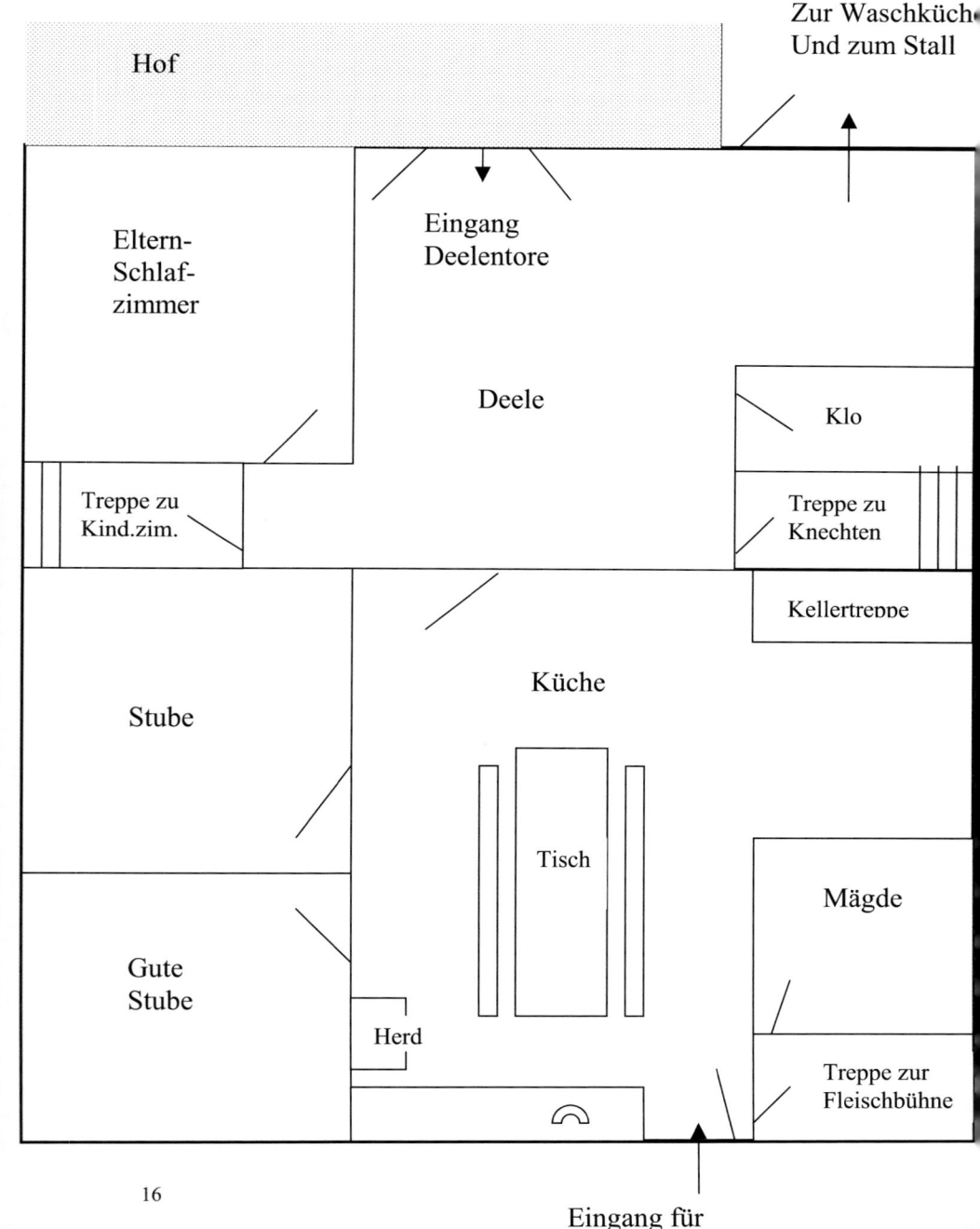

Zur Waschküche
Und zum Stall

Hof

Eltern-
Schlaf-
zimmer

Eingang
Deelentore

Deele

Klo

Treppe zu
Kind.zim.

Treppe zu
Knechten

Kellertreppe

Stube

Küche

Tisch

Mägde

Gute
Stube

Herd

Treppe zur
Fleischbühne

Eingang für

Die nächsten Tage und Wochen gab es viel zu erleben. Der Rhythmus auf dem Hof unterschied sich nicht sehr von dem vom Gut Schnellenhaus. Trotzdem war vieles neu für uns. Aber das Aufregendste passierte gleich in der ersten Woche: Wir erfuhren die Geschichte über den Grossvater. Bisher hatte der Vater nie über ihn gesprochen. Wir hatten nicht gefragt, weil wir wussten, dass er schon fast 20 Jahre tot war. Aber dann war unsere Aufregung gross: "Ein Mordfall in der eigenen Familie!".

Der Grossvater, er hiess Heinrich wie ich, muss ziemlich charakterstark gewesen sein, oder anders formuliert: dickköpfig. Er war Oberst bei den Schützenbrüdern und starb ,durch Fremdeinwirkung' nach einer tätlichen Auseinandersetzung mit dem Schwankwirt des Dorfes. 1912, während des Schützenfestes von Belecke, hatte er anscheinend - betrunken - Streit mit dem Wirt gesucht. Den Schützensäbel in der Hand, forderte er diesen dann heraus. Im Laufe der Auseinandersetzung wurde er von ihm am Kopf verwundet. Diese Wunde war tödlich, er starb einige Tage später.

Nun war der Inhaber der Wirtschaft aber gleichzeitig Besitzer der einzigen Bäckerei im Dorf. Letzteres war der Grund, warum die Familie das Brot nie im Dorf kaufte, sondern immer im vier Kilometer entfernten Mellrich oder vom Bäcker-Fuhrwagen. Wir waren in der Folge aber nicht nur gezwungen, die Bäckerei zu meiden, sondern natürlich auch die Dorfwirtschaft. Letzteres kam zwar der Gesundheit des Vaters und dem Portemonnaie zugute, erwies sich aber einmal pro Jahr als Problem: das Dorf-Schützenfest fand nämlich zu dieser Zeit noch hinten im Anbau der Wirtschaft statt, bzw. in einem Zelt daneben. Da ging von unserer Familie natürlich niemand hin.

Diese Geschichte wurde uns Neuankömmlingen brühwarm von den Nachbarsjungen im Dorf erzählt. Als wir zu Hause noch mehr darüber in Erfahrung bringen wollten, bissen wir allerdings auf Granit. Die Oma sagte nur in eisigem Ton: "Darüber sprechen wir nicht". Das tat sie auch nie wieder. Am Abend, als sie uns ins Bett brachte, erklärte uns unsere Mutter noch einmal, "Das war ein Unfall, keine Absicht. Aber ihr müsst verstehen und respektieren, dass weder Vater noch eure Grossmutter gerne darüber sprechen wollen". Viel mehr wisse sie auch nicht, nur was die Leute zu ihrer Zeit, als sie nebenan auf Schenkenhof ihrem Onkel bei der Wirtschaft half, erfahren hatte.

Sie redete auch nicht gerne darüber, aber sie verstand uns und dass unsere Aufregung ein Ventil brauchte. Als wir sie dann mit Fragen bombardierten, brachten wir deshalb noch einiges in Erfahrung, wenn auch nicht zur Tat selber. "Euer Grossvater wurde schon mit sechs Jahren Halbwaise. Damals starb zuerst seine Mutter, eure Urgrossmutter, und nur zwei Jahre später auch der Urgrossvater." Wir bekamen grosse Augen, als wir uns das vorstellten: Mit acht Jahren Vollwaise.

"Seinem Opa, eurem Ur-Ur-Urgrossvater Franz Ernst, haben wir „Funken" den Hof hier zu verdanken. Er kam in den 60er Jahren im letzten Jahrhundert vom Stammhof in Völlinghausen am Möhnesee und hatte sich in die Maria Bernhardine Josephine Speckenheuer verguckt. Sie war das einzige Kind auf "Funken" Hof, deshalb heiratete er hier ein. Meistens gab es zu der Zeit arrangierte, zweck- dienliche Verbindungen, wie ihr ja wisst. Aber in diesem Fall war es ganz sicher eine Liebesheirat." Das fanden die Zwillinge auch und nickten eifrig. Typisch Weiber. Eine Urgrossmutter namens Maria Bernhardine Josephine". Super. Ob die Urgrossoma auch so stattlich gewesen war wie ihr Name, wusste die Mutter nicht.

"Der neue Name des Hofinhabers setzte sich nur in der Amtssprache durch. Für die Dorfbewohner in Bu. sind wir bis heute "die Funken". Angeblich soll der Name Funke ja daher kommen, dass ein Vorbesitzer des Hofs mal Schützenkönig war. Meine Lieblingsvariante. Aber das war fast jeder Bauer aus dem Dorf einmal in seinem Leben. Weshalb meine Variante nicht gerade vor Logik strotzte. Vielleicht konnte er nur am besten schiessen und war der König der Schützen?" Mutter meinte ganz prosaisch, dass "früher" einmal, so vor 1 - 2 Jahrhunderten, ein Bauer namens Funke aus der Umgebung den Namen mitgebracht habe.

"Wer weiss, vielleicht blieb der alte Name auch deshalb erhalten, weil der Urgrossvater ebenfalls viel zu früh starb, nur zwei Jahre nach seiner Frau. 1873 muss ein sehr heisser Sommer gewesen sein. Euer Urgrossvater – gerade erst zwei Jahre aus dem Krieg mit Frankreich zurück - starb an einem Hitzschlag, nachdem er, draussen „im Hölzchen", in erhitztem Zustand nach schwerer Arbeit zu schnell und zu viel Wasser trank. Merkt euch das! Nie zu schnell kaltes Wasser trinken, wenn ihr schwitzt. Das kann gefährlich sein. Er hinterliess vier Kinder, für die das Dorf sorgen musste. Die Kinder waren damals noch klein, alle unter zehn Jahren.

Nach dem schrecklichen Unfall zog der damalige Bürgermeister in Bu. alle Register: Die Kleinsten wurden auf die Höfe der Umgebung verteilt, bis sie in die Schule kamen. Dann kamen sie zurück auf den Hof zu den Geschwistern, die von einer Magd betreut und erzogen wurden, und die sich auch um die zwei oder drei Kühe auf dem Hof kümmerte. Der grösste Teil vom Vieh war verkauft worden und das Ackerland verpachtet. Von dem Geld wurden die nächsten zehn Jahre, bis der älteste alt genug sein würde, um allein wirtschaften zu können, die Lebenshaltungskosten für die Waisen bezahlt. Euer Grossvater war der zweitälteste. Eigentlich sollte sein Bruder den Hof übernehmen, aber der war angeblich – wird wohl gestimmt haben - ungewöhnlich klug und ehrgeizig und wollte Medizin studieren. Erstaunlicherweise war vom Verkauf der Tiere auch noch dafür ein bisschen Geld vorhanden. Also hat euer Grossvater den Hof übernommen. Mit quasi null Bestand und er hatte niemanden, der ihm half. Gleichzeitig musste er noch für seine Geschwister sorgen und auch noch teilweise den Elternpart übernehmen. Allzu lustig war es damals wahrscheinlich nicht."

Die Mutter unterbrach sich. Sie war selber überrascht, wie viel ihr so nach und nach wieder eingefallen war.

Sie selber muss um die 15 Jahre alt gewesen sein, als sie nach Bu. kam. Die Frau des Bruders ihrer Mutter, hoppla, zu kompliziert, noch einmal einfacher. Der Nachbar von Funkenhof heisst Henke. Der olle Vater Henke war der Bruder von Mutters Mutter. Also kurz, Schenken in Bu. waren verwandt mit Mutters Familie, den Haselhorsts, in Mettinghausen. Auf Schenkenhof wurde Hilfe in der Wirtschaft gesucht, und die junge Elisabeth brauchte Arbeit und Erfahrung. So kam sie Anfang der zwanziger Jahre nach Bu.. Somit kannte sie alle Geschichten im Dorf und hatte natürlich auch vom Streit mit dem Wirt gewusst.

Zum Schluss kam die Mutter noch einmal auf Oma Theresia zu sprechen. "Ihr müsst versuchen, sie zu verstehen. Sie hatte es nicht leicht in ihrem Leben. Sie kommt ursprünglich aus Merklinghausen (einem kleinen Dorf nordwestlich von hier). Das werdet ihr auch noch kennen lernen. Seht ihr, sie hat euren Grossvater geheiratet, obwohl der Hof damals nicht viel hergab. Das war sehr mutig von ihr. Keine Ahnung wie sie sich kennen gelernt haben und was sie dazu brachte, sich für den Grossvater zu entscheiden. Sie hat nie sehr viel gelacht, aber dazu hatte sie auch wenig Anlass: Als er 1912 starb, musste sie zusammen mit eurem Vater, ihrem Ältesten, für den Hof und ihre jüngeren Kinder sorgen.

Dann, als sich die Dinge wahrscheinlich gerade eingespielt hatten, kam der erste Weltkrieg und sie war wieder für vier Jahre in der Verantwortung. Dazu verlor sie einen der Söhne, ihr erinnert euch, Onkel Heinrich, der zweitälteste, ist 1916 in Frankreich gefallen."

Wir wussten, unser Vater war die vollen vier Kriegsjahre weggewesen. Er hatte die ganze Zeit in Frankreich verbracht, war aber gesund wiedergekommen. Meines Wissens war er fast die ganze Zeit bei einer Versorgungs-einheit gewesen und nur selten in erster Linie an der Front. Aber darüber sprach er nie. Selbst wenn er ein Held gewesen war, würde er es uns erst recht nicht gesagt haben, bescheiden wie er war.

"So, und jetzt wird geschlafen." sagte Mutter und machte das Licht aus. Unter uns haben wir an diesem Abend noch lange über das Erzählte gesprochen, bis auch die Eltern schlafen kamen. Am nächsten Tag hüpften die Zwillinge umher und sangen immer wieder " Maria Bernhardine Josephine Funke Speckenheuer". Zur Oma waren wir an diesem Tag besonders nett und fragten sie dauernd, ob wir nicht helfen könnten. Bis es ihr zu bunt wurde und sie uns raus schickte, den Hof zu fegen.

Neue alte Routine

Nach und nach spielte sich unser neues Leben ein. Die Eltern und Marlene blieben im Elternschlafzimmer, während wir älteren Kinder nach oben zogen. Hansjosef und ich schliefen erst einmal in einem Bett, ebenso Louise und Ilse, die Zwillinge. Unsere Kammer war klein, hatte aber zum Hof hin ein Fenster. Roswitha (zur Erinnerung: Kind Nummer vier) bekam gegenüber Platz bei den Tanten. Sie verstand sich grossartig mit Tante Lilli, aber das taten eigentlich alle.

Wir waren jetzt 15 Personen im Haus, und es gab drinnen nur ein Klo. Ein Plumpsklo, in der Deele, neben der Treppe nach oben zu den Stuben der Knechte. Überhaupt, die Hof-anlage mochte zwar imposant erscheinen, aber schon damals war die Substanz des Hauses nicht mehr in allerbestem Zustand und hätte dringend einer Renovierung bedurft. Dafür war leider kein Geld da. Für Notfälle gab es aber auch noch die Miste hinter dem Pferdestall, die meist als Ersatz von den Knechten und uns Jungs benutzt wurde. Für die weiblichen Familienmitglieder gab es noch eine Notfall-Gelegenheit hinten im "Backs". Das Backs war ein altes Backhaus, das aber nicht mehr genutzt wurde. Der Schornstein war geborsten. Davon abgesehen erklärte uns Oma Theresia: "Backen heutzutage bei so vielen Personen ist viel zu aufwendig. Schaut doch mal, wie viele Schnitten Brot ihr pro Tag verputzt." Damit avancierte der vordere Teil des nicht mehr genutzten und leicht verfallenen Gebäudes zu einem unserer Spielplätze, obwohl manchmal nach der Ernte auch Getreidesäcke hier gelagert wurden, wie wir herausfanden. Allerdings schien auch das Dach seit neuestem undicht zu sein. Ich hörte Vater und Onkel Fritz diskutieren, ob sie das "olle" Backs nicht lieber abreissen sollten.

Ansonsten war die Küche das Zentrum unseres Familienlebens. Man erreichte sie von vorne durch den Kräutergarten oder von hinten durch die Deele. Von der Deele ging rechts die Tür zur Treppe nach oben ab, zu den Schlafzimmern der Oma und uns Kindern, sowie gleich vom Podest aus zum Schlafzimmer der Eltern, dem ehemaligen Pferdestall. Links befanden sich die Waschküche, das Plumpsklo und die Treppe zu den Zimmern der Knechte und zum Dachboden. Also fast ein typischer ostwestfälischer Hof. Nur aufgrund des asymmetrischen Grundstücks stiess der Schweinefall schräg gegen das Hauptgebäude an.

Unsere Küche war gross und einigermassen hell. Mit einem Boden aus den gleichen riesigen, fast schwarzen Natursteinfliesen wie in der Deele. Die Küche war bisher Oma Theresias Reich gewesen. Sie hatte gleich am ersten Abend ganz offiziell der Mutter mitgeteilt: "Elisabeth, ab jetzt bist du für das Haus verantwortlich. Ich war es lange genug." In der Mitte stand der grosse, massive Holztisch, rechts der Herd, geradeaus vor der Fensterfront das Waschbecken und die Arbeitsfläche, daneben die Tür zum Kräutergarten. Diese Tür hier war gleichzeitig der Haupteingang für Fremde. Es gab zwar keine Klingel, aber irgendeiner war immer in der Nähe, der ein Klopfen hören konnte, und sonst ging man einfach rein und rief. Das machten wir bei den anderen Höfen genauso. Erstens gab es bei uns keine Wertsachen zu entwenden, zweitens war immer mindestens einer in der Nähe und drittens wurden Fremde, die durchs Dorf kamen, immer neugierig mit Blicken begleitet.

Oma Theresias Entscheidung, ins Altenteil zu gehen, war eine sehr weise. Alle Erwachsenen waren darüber sehr erleichtert, besonders die Mutter. Sie war so erleichtert, dass sie die nächsten Tage sehr nachsichtig zu uns war. Sie schimpfte nicht einmal, als Roswitha und Ilse ein ganzes Glas Pflaumenkraut aus der Speisekammer mitgehen liessen und leer schleckten. Sie erklärte uns: "Es ist nicht so, dass ich die Oma Theresia nicht mag, im Gegenteil, ich respektiere sie sehr. Aber nehmt es als eine Weisheit mit für euer weiteres Leben: Es kann immer nur einen geben, der die Verantwortung hat. Alles andere führt zu unnötigem Zank und Streit."

Omas Rückzug aufs Altenteil bedeutete aber auch, dass die schwere Arbeit bei der Mutter blieb, und sie selber leichtere Arbeiten im Haus, vermehrt in der Küche, übernahm. Ihr neuer Stammplatz war am langen, wuchtigen Holztisch zu finden. Tagsüber sass sie meist auf ihrer Holzkiste und half beim Gemüserüsten.

Von der Küche, rechts, noch vor dem eisernen Herd, führte eine Tür zur Stube. Die Stube war der wärmste und gemütlichste Ort des Hauses. Hier wurde mittags und abends gegessen, gehandarbeitet und abends noch gesessen und Hausaufgaben gemacht oder gespielt. Mit Vorliebe Mühle, Dame oder auch Kartenspiele. Bei so vielen fand sich immer einer, der Lust hatte mitzuspielen. Na ja, genauso oft fiel auch der Satz: "Du nicht, du bist noch zu klein". Es war ein 12er Tisch. Doch wenn man auf der Bank beiseite rückte, passten schon noch 1 oder 2 mehr drauf.

Der Vater hatte seinen Stammplatz auf dem Sofa hinter dem Tisch. Wir anderen setzten uns wie wir kamen. Nur die Oma hatte ihren eigenen alten Ledersessel. Unsere Mutter sass am Tisch dabei und stopfte nach dem Abendessen, obwohl sie ehrlich sagte, dass sie viel lieber stricken würde. "Aber ich kann ja eure Strümpfe nicht jedes Mal auftrennen und neu stricken wenn sie ein Loch haben". Das tat Oma Theresia, denn ihre Augen waren nicht mehr die besten und zum Stopfen reichte es nicht mehr. Sie strickte in erster Linie Wollsocken und Pullunder für alle. Das konnte sie

nach Augenmass machen, ausgemessen hat sie nie.
Irgend einem von uns würde das Ergebnis schon passen.

Ebenfalls rechts vor dem Herd, aber direkt daneben gab es
die Tür zur Guten Stube. Die Gute Stube wurde nur bei den
seltensten Gelegenheiten genutzt: Nach unserer Ankunft
würde erst wieder zu Weihnachten die Tür für alle geöffnet
werden.

Schräg gegenüber gelangte man durch eine separate Tür in
die Speisekammer, von der eine weitere Treppe nach oben
zur Fleischbühne führte. Hier hingen die Würste,
Mettwürste und Schinken, Ergebnisse vom hauseigenen
Schlachten. Die Fleischbühne befand sich direkt über der
Küche, mit einem leicht erhöhtem Fussboden. So war auch
die Küche darunter von angenehmer Raumhöhe, im
Gegensatz zu den restlichen, niedrigeren Räumen. Die
Fleischbühne war zum Dach bzw. zu den Schlafzimmern
hin durch eine Bretterverschalung getrennt. Auch waren die
Fussboden- und Deckenbretter hier nicht morsch, wie im
restlichen Bodenteil.

Im Dorf selber kannten wir uns schnell aus. Und alle
kannten uns. In 1939 hatte Bu. - mit uns neu Hinzu-
gezogenen - 286 offiziell gemeldete Einwohner. Da kennt
jeder jeden. Von den Einheimischen lernten wir auch sehr
schnell, wo wir mal ein Schinkenbrot abstauben konnten.
Besonders gerne besuchte ich Alfred am Sonntag Morgen
und holte ihn nach der Messe zum Fussballspielen ab:
Dann gab es immer Marmeladenbrote. Seine älteste
Schwester kochte für ihr Leben gern Marmelade ein,
besonders aus Brombeeren und Johannisbeeren.
Marmelade gab es bei uns ja nur sehr selten, die
Herstellung war viel zu zeitaufwändig. Nachmittags bei uns
kriegte er dann ein Stück Streuselkuchen ab.

Auch die Ämter wussten, dass wir eingetroffen waren. Gleich zu Beginn hatten wir mit der Gauleitung Westfalen-Süd zu tun. Der nächste für uns zuständige Vertreter sass in Anröchte. Das kam so:

Zum Hof gehörten Äcker und Nutzland. insgesamt ca. 45 ha. Vaters drei Brüder hatten (bzw. der letzte würde in Kürze) den Hof verlassen, und die Schwestern hatten wohl auch alle vor, möglichst bald einen Mann zu finden und weg zu gehen. Niemand bleibt gerne als drittes (oder in unserem Fall 10xtes) Rad am Wagen. Ihnen allen stand natürlich ein Anteil am Besitz zu, als Erbe. Wer woanders neu anfing, konnte einen Zustupf gut gebrauchen. Vater und Mutter sassen manches Mal abends noch grübelnd zusammen. Wie viel Acker sollten sie wem geben, wie gerecht teilen. Würde ihnen auch genug bleiben, um leben zu können? Einmal gab es eine besonders hitzige Diskussion, bei der auch Onkel Fritz und Onkel Hubert dabei waren.

Und dann hatten wir richtig Schwein: Gerade als es darum ging, das Erbe an die Geschwister auszuzahlen, wurde das Reichserbfolgegesetz (oder so ähnlich) erlassen. Grob gesagt, bestimmt dieses Gesetz, dass der Älteste den Hof erbt und keine Teile des Besitzes aus Erbgründen veräussern darf. Das bedeutete, dass unser Vater nicht weiter Land und Äcker verkaufen durfte. Somit blieb der Besitz zusammen und würde ihm bzw. uns ein anständiges Auskommen ermöglichen. Damit verdankten wir es ausgerechnet den Nazis, dass der Hof nach über 100 Jahren weiter unverändert gleich gross geblieben ist. Vater war sehr erleichtert, er wusste. dass er so für uns würde sorgen können.

Aber in der Konsequenz hiess es, dass er das Erbe in pekuniärer Form bzw. in Sachwerten wie Vieh oder Geräten auszahlen musste. Was er auch über die nächsten Jahre hin tat. Als erstes profitierte Onkel Hubert. Er bekam sowohl Vieh, eines der Pferde als auch einiges Werkzeug mit auf den Weg.

Onkel Hubert verliess noch diesen Herbst den Hof und ging nach Lünen, wo er einen kleinen Hof gepachtet hatte. An seinem letzten Sonntag besuchte er mit uns zusammen die Kirmes in Anröchte. Wir wanderten alle, einschliesslich des Vaters, hin und schauten uns alles an. Denn die Buden und Karusselle kosteten natürlich Geld, was wir nicht hatten. Einige Jahre später allerdings habe ich mir für 50 Pfennig von meinem eisern Ersparten ein Taschenmesser gekauft. Später in den Kriegsjahren fiel die Kirmes aus, wie überall in Deutschland.

Anröchte ist übrigens weithin in der Fachwelt der Bauindustrie bekannt, weil es hier den sehr gut verwendbaren Anröchter grünen Stein gibt. Steinbrüche gibt es hier in der Gegend schon seit Anfang des 12. Jahrhundert. Fast alle Kirchen ringsherum liefern den Beweis, dass der grüne Stein schon seit dieser Zeit hier gebrochen und verarbeitet wird, so auch unsere Dorf Kapelle vom Heiligen St. Antonius. Die Kapelle ist übrigens über das Dorf hinaus bekannt, wegen der Marienglocke. Drei Glocken gab es früher im Turm, darunter die Marienglocke aus dem Jahr 1630. Auch die Mellricher Pfarrkirche St. Alexander war aus grünem Stein erbaut.

Aber vorerst spielte sich das Leben bei uns in ruhigen Bahnen ab. An jedem Tag, an den ich mich erinnern kann, stand der Vater als erster auf und heizte den Herd in der Küche und - ausser im Sommer - auch den Ofen in der Stube an. Das war so zwischen fünf Uhr und halb sechs Uhr. Einen Wecker brauchte er nicht. Wenn die Mutter eine halbe Stunde später auch kam, war das Wasser auf dem Herd bereits kurz vorm Siedepunkt.

Ihre erste Aufgabe war es jeden Morgen, Brot zu schneiden. Für den Frühkaffee, Schulbrote bzw. das Frühstück ging schon so ein ganzer mehrpfündiger Riesenbrotlaib oder mehr drauf. Gott sei Dank musste sie es nicht mehr von Hand schneiden, sondern hatte die mechanische Brotmaschine mit einem Hebel zur Verfügung.

Anschliessend kam sie nach oben und weckte uns Jungs. Erst steckte sie den Kopf bei uns rein und rief "Morgen, ihr Langschläfer, Frühstück ist fertig". Dann ging sie nach gegenüber zu den Tanten und weckte auch sie. Oma Theresia erwachte immer von sich aus. Zu der Zeit, als ich noch klein war, nahm sie mich unter den Arm, trug mich in die Küche und wusch mir Gesicht und Hals mit kaltem Wasser. Die Mutter ging währenddessen, nachdem sie Irmgard, die Magd, geweckt hatte, wieder nach oben und kämmte den drei ältesten Mädels sorgfältig die Haare und flocht sie zu Zöpfen. Vater war für den Weckdienst auf der anderen Seite, bei den Knechten, zuständig. Erst Jahre später kam ich dahinter, dass der Vater morgens der Mutter im Schlafzimmer als erstes ebenfalls den Zopf flocht, den sie dann zu einem Dutt hochsteckte.

Dass wir morgens alle gleichzeitig am Tisch sassen, kam eigentlich nicht vor. Meist waren der Vater und die Knechte als erste fertig und schon auf dem Weg nach draussen, bis auch die letzte endlich kam. Zöpfeflechten dauert eben seine Zeit.

Mein Lieblingsgetränk zum Kaffee morgens war ‚Muckefuck', der aus der eigenen Ernte, und eine dicke Scheibe Brot mit Rübenkraut oder Schmalz. Eingetunkt in den Muckefuck schmeckte es am besten. Milch pur (oder ‚schier' wie wir sagten) tranken nur Hansjosef, Roswitha und die Zwillinge.

Die Brotlaibe wurden in der Vorratskammer aufbewahrt. Dort hat sich natürlich je nach Wetter auch mal Schimmel gebildet, vor allem gegen Ende der Woche. Dieser wurde einfach abgeschnitten: Brot wegzuwerfen kam überhaupt nicht in Frage. Dass da noch unsichtbare Pilzfäden durchgingen, wussten wir nicht. Es wäre uns auch egal gewesen: die sind ja schliesslich ganz natürlich und was natürlich ist, ist gesund und essbar.

Hetzen mussten wir auch nicht, es gab immer genug für alle und wurde auch gerecht verteilt. Oh ja, auf die gerechte Verteilung haben Vater und Mutter geschaut.

Nach dem Frühstück hiess es für Mutter und Irmgard melken, anschliessend die Milch in die grossen grauen Kannen abfüllen und diese an den Strassenrand zu stellen. Die Milch, die wir behielten, wurde einmal täglich - abends - durch die Zentrifuge gejagt. In der Zwischenzeit spülten Roswitha und die Zwillinge die Trinkbecher, Tassen und wuschen Holzteller und Besteck ab. Das ging ganz fix. Zum Kaffee - er bekam als einziger auch echten Kaffee zu trinken - leistete sich der Vater manchmal den einzigen Luxus, den er kannte: ein rohes, geschlagenes Ei darin. Er behauptet immer, davon wäre er so stark und gesund geworden (warum nicht auch grösser?). Die Eier hätten ihm auch zu den zahlreichen Kindern verholfen.

Im Sommer wurde die Stube nur zu Mittag und zu Abend genutzt, alles andere gab's im Stehen in der Küche bzw. wurde auf die Felder rausgebracht.

Während des Frühkaffees morgens hat die Mutter für die Schulkinder unter uns noch die Brote geschmiert. Für die Pause bekam jeder mindestens zwei dicke Schnitten mit Wurst oder Schinken eingepackt, in Zeitungspapier gewickelt. Wir bekamen ja den Patrioten mit der Post, der reichte dafür gerade aus, wenn man das Papier mehrfach innerhalb einer Woche verwendete, so wie wir. Auch für den Vater und die Knechte wurde jetzt im Herbst noch ein Paket zurechtgemacht. Jeder bekam seine Brote und eine Flasche mit Kaffee mit auf den Weg, meist in eine alte Ledertasche zum Umhängen gesteckt.

Jetzt im Sommer waren die Männer oftmals schon ab 7.00 Uhr auf den Feldern. Die Oma, die nicht mehr so gerne nach draussen ging, schälte meist alleine den ganzen Eimer Kartoffeln und putzte das Gemüse. Schon mal für zwei Mahlzeiten für so viele Personen Kartoffeln geschält? Das ist wie auf einem Dampfer, und dauert seine Zeit.

Zusammen mit Irmgard, der Magd, den Tanten und unter der Ägide der Mutter wurde währenddessen erst gemolken, dann im Haus Klarschiff gemacht: dann wollten Betten gemacht oder bezogen werden, Zimmer gereinigt werden, mal was eingekauft werden, und so weiter: Schinken abpinseln, Fenster putzen, Mäuse jagen (nur ein Scherz, kam sporadisch vor aber nicht täglich, und war selbstredend Kinderaufgabe), Kinder wickeln und füttern, Kräutergarten pflegen, Schweinefutter kochen, Hunde füttern, Kleider und Schürzen nähen, einmachen, usw. Das waren die Tage, an denen keine Ernte eingebracht wurde, nicht geschlachtet und nicht gewaschen wurde.

Besonders gerne ging ich mit dem Vater zum Stellmacher. Auch er sah gerne zu, wenn dieser zusammen mit dem Schmied Kusseler die Eisenreifen um die fertiggestellten neuen Holzräder anpasste. Hin und wieder schaute ich alleine beim Stellmacher vorbei und wusste daher schon, was für eine Grossaktion die Herstellung neuer Räder war. Weil ich immer aufpasste, nicht im Weg zu sein, hatte er nichts gegen meine Visiten einzuwenden. Ich habe damals schon gerne mit Holz gearbeitet, das heisst ich hätte stundenlang zuschauen können, wie die Form entstand. Das war die Zeit, als ich mit meinem kleinen Taschenmesser - ein wirklich wertvoller Besitz - anfing, Holzflöten zu schneiden und kleine Figuren zu schnitzen.

Christine, Kind Nr. 7

Am meisten von allen Brüdern des Vaters ist mir Onkel Fritz noch gegenwärtig. Er wurde 1899 geboren. Onkel Fritz träumte von einem eigenen Hof, nicht nur einem gepachteten. Deshalb war er immer scharf auf den Stammhof in Völlinghausen. Das war der Hof, wo der Ur-, Ur-, Urgrossvater herstammte. Als der alte Bauer dort jetzt starb (ein Verwandter, aber ich weiss den Namen nicht mehr) und nur noch die beiden Schwestern, seine Grosstanten, den Hof bewirtschafteten, zog er in diesem Frühjahr 1938 dorthin. In der Hoffnung, den Hof einmal erben zu können, da kein direkter Erbe da war. Zwar hat er dann jahrelang dort geschuftet, aber es sollte vergeblich sein: Es gab nämlich noch einen Neffen...

Der war paar und Fuffzig und hatte seinen eigenen Hof hinten im Hennetal, einen Sohn und eine Tochter. Eines Tages, als der Hof in Völlinghausen dank Onkel Fritz wieder halbwegs lief, hat er den Sohn ratzfatz von einem Tag auf den anderen enterbt, und alles dem Mädel vererbt. Danach ist der Sohn auf dem Hof in Völlinghausen aufgetaucht und hat reklamiert, dass er viel näher mit den Tanten verwandt sei als Onkel Fritz. Es kam zu einem unschönen Streit, aber Onkel Fritz hatte sich in keiner Weise schriftlich oder rechtlich abgesichert. So kam der andere an den Hof. Und siehe da, jetzt hatten sowohl Sohn als auch Tochter einen eigenen Hof. Ganz schön clever, der Alte. Erst sehr viel später in seinem Leben, so um 1958 - da war er schon fast 60, hat Onkel Fritz eine wohlhabende Witwe mit einer Mühle geheiratet, in Elspe im Sauerland. Ich fand, Onkel Fritz war auch ganz schön clever. Er hätte bestimmt auch gerne studiert, aber ihr wisst ja, getreu unserem Motto "Bei uns gibt's alles, nur kein Geld" war das finanziell nicht drin. Ich fragte den Vater, warum er nicht Schmied geworden sei, denn er konnte gut mit solchen

Sachen umgehen: die Ackerwerkzeuge reparierte er oft selber. Aber Vater schaute mich nur an, schüttelte den Kopf und sagte: "Ein Bauer wird doch kein Handwerker. Für Fremde schuften, nee, das macht keinen Spass."

Wie dem auch sei, einer geht, einer kommt, so war das bei uns. In diesem März kam Christine zur Welt, Schwesterchen Nummer 5, Kind Nummer 7. Irgendwas war aber diesmal anders als sonst, denn die Mutter musste für eine Woche ins Spital nach Erwitte. Das hatte Flockers Lieschen, die alte Hebamme, so bestimmt. Die Leute taten immer, was sie sagte. Der Spitalaufenthalt bereitete dem Vater Sorgen, einerseits wegen der Mutter und dem Kleinen, andererseits natürlich wegen der Krankenhausrechnung.

Mit den beiden ging alles gut: Als es soweit war, kam bei der Post ein Anruf mit der guten Nachricht durch. Wir waren alle neugierig, wie das neue Baby aussehen würde. Dass es wieder ein Mädchen war, war uns eigentlich klar gewesen. Das Gegenteil hätte uns sehr überrascht. Schliesslich hatte die Mutter immer wieder gesagt: "Das wird wieder ein Mädel, ich fühle mich genauso wie bei Roswitha und Marlene." Ausserdem hatten die Zwillinge eine Zeitlang jeden Abend Zucker auf die Fensterbank in der Küche getan, nachdem sie sich wieder einmal über mich geärgert hatten. Mir erklärten sie: "Zucker auf der Fensterbank, das gibt ganz sicher ein Mädchen". Manchmal waren die Mädels wirklich blöd. Schliesslich wusste jeder bei uns, wie das bei Pferden und Kühen ging.

Wir hätten die Mutter gerne besucht, vor allem, weil wir noch nie in einem Krankenhaus gewesen waren. Aber es war zu weit, da konnten wir nicht alle mitfahren. Vater, Roswitha und Louise besuchten sie an einem Nachmittag. Danach erzählten sie viel von der Säuglingsstation und dass sie das Baby nur durch die Scheibe gesehen hatten.

Ich bombardierte sie mit Fragen, aber irgendwie konnte ich mir so ein Krankenhaus trotzdem nicht richtig vorstellen. Die Mutter in einem Zimmer mit vielen anderen Frauen zusammen und tagsüber im Bett? Da hatte sie bestimmt viel Zeit zum Stricken. Für das Baby sorgten ja die Schwestern. Warum blieb sie überhaupt noch dort? Die anderen erzählten von dem Geruch im Krankenhaus. Ich war schon gespannt und hatte mir vorgenommen, gleich nach der Ankunft am Baby zu riechen.

Sechs Tage später war die Mutter dann auch wieder da mit dem neuen Baby. Vater hatte sie mit dem Kutschwagen abgeholt. Sobald sie in Sicht waren, rief Roswitha uns zusammen. Wie ein Empfangs-Komitee standen wir mehr oder wenig zufällig alle vor der Deele. Louise nahm das Baby als erste in den Arm, danach durften wir alle "einmal kurz". Das Baby stank eigentlich wie jedes andere auch. Anschliessend legte sich Mutter mit Hilfe von Tante Lilli und der Oma erst einmal hin. Windeln und Zubehör waren bereits vorbereitet. Im Laufe des Nachmittags fand dann jeder von uns einen Vorwand, noch einmal bei der Mutter vorbei zu schauen und ihr das Neueste zu erzählen. Als ich mich reinschlich, schliefen beide gerade. Die Mutter war sogar im Nachthemd!

In der ersten Zeit danach musste die Mutter noch viel ruhen und legte sich oft nachmittags noch einmal hin. Tante Lilli half ihr, wo sie konnte, während die Zwillinge sich um Christine kümmerten. Die übrigens ein ganz ruhiges Baby war und fast nie brüllte. Die konnte man im Kinderwagen mitnehmen und unter den Baum stellen, während man mit den Kollegen Gummiball spielte. Die Taufe würde am Sonntag in einer Woche sein. Kein Problem, ein Taufkleid hatten wir ja. Jetzt mussten nur noch die Eltern entscheiden, wer die Paten sein sollten.

Vom Taufwasser zum Wasser überhaupt: Wasser bedeutete für uns Luxus. Der Boden in der Gegend von Bu. ist kalkig bis lehmig. Das heisst, das Wasser versickert sehr schnell und ist damit eher knapp und ein sehr kostbares Gut. Alle Höfe verfügten deshalb über einen eigenen Brunnen sowie ein eigens gemauertes Regenwasser-Sammelbecken. So auch bei uns.

Das Wasser für das Vieh stammte aus dem Regenwasser-Sammelbecken hinter der Scheune und wurde zuerst einmal mit einer grossen Pumpe bis in den Stall in ein gemauertes Becken gepumpt. Von hier aus wurde das Wasser dann verteilt. Dicke Rohre führten zu den Futter-trögen. Wollten wir tränken, konnten wir mit einem ganz einfachen System die Richtung des Wasser beeinflussen: Einfach einen Holzkeil in den Auslass schieben, dann war eine Abzweigung abgetrennt, oder umgekehrt. Das System war absolut verlässlich. Deshalb liefen die Leitungen zum Schluss sogar bis in die Pferdeställe und wurden vom zentralen Becken aus mitbeliefert. Onkel Fritz erklärte uns: "Ganz früher wurde bei uns das Wasser aus dem Brunnen in die Küche und in die Futterküche gepumpt, mittels einer starken Handpumpe. Das gab dann fast ‚fliessendes' kaltes Wasser. Für das Tränken der Tiere war das System so genial einfach, dass wir damals nach der Einführung der öffentlichen Versorgungsnetze beschlossen, es für den Stall beizubehalten. Das ist auch billiger."

Vater erzählte uns, dass Wasserleitungen erst vor wenigen Jahren hier in der Gegend verlegt wurden. Die Versorgung aller Haargemeinden erfolgt seitdem durch das Lörmecke-Wasser, einem unterirdischen Wasservorkommen bei Kallenhardt.

Bei uns auf dem Hof wurde das Wasser durch die bereits vorhandenen Leitungen geführt und statt Pumpen gab es jetzt Wasserhähne. Für kaltes Wasser. Wer warmes

Wasser wollte, musste es auf dem Herd erhitzen. In der Regel stand den ganzen Tag über ein Topf mit vorgewärmten Wasser bereit. Wer etwas davon nahm, füllte ganz einfach wieder auf. Oma Theresa konnte sehr unangenehm werden, wenn man das vergass.

Jetzt zum Winter hin jammerten wir bei kaltem Wetter schon mal über das kalte Waschwasser morgens. "Stellt euch nicht so an, seid lieber froh, dass es Wasser gibt" brachte uns Oma Theresia dann meist schnell zum Schweigen. Das war ein Stichwort, wir wussten, wenn wir uns nicht sofort dünne machten, würde sie uns wieder ihre Lieblingsgeschichte von früher erzählen, nämlich wie schlimm trockene Sommer gewesen waren, bevor die öffentliche Wasserversorgung kam.

"Stellt euch vor, es kam sogar vor, dass nicht genug Wasser in den Sammelbecken war und auch die privaten Brunnen trocken liefen. Ich kann mich selber noch ein oder zwei solcher Sommer erinnern. Zum Glück konnte eine Katastrophe mit Hilfe des Dorf-Wasch-Brunnens verhindert werden. Ihr wisst schon: unten in der Kurve das alte Dorfbecken. Dort, in der Kuhle, läuft stetig ein kleiner Strom. Bei trockenem Wetter nur mehr eine Lache. Aber ein bisschen was läuft immer. Bis Mitternacht und später standen bzw. drängten sich dann die Bauern und Knechte der Umgebung hier und füllten ihre Kannen schöpflöffel-weise, um genügend Flüssigkeit für Mensch und Vieh zu beschaffen. Schneller ging es nicht, die stetige Lache war zu klein."

Von Mutters früheren Erzählungen her weiss ich, dass es aber jederzeit Wasser in der Quelle im "Hölzchen" gegeben hatte. Wer beweglich war, konnte sich auch dort Wasser holen. Dann war allerdings der Transport ins Dorf mühsam gewesen. Man legte Stöcke oder Hölzer auf die Wasser-oberflächen, damit nur wenig bei dem Gerüttel auf den

Feldwegen überschwappte und verloren ging. Seitdem sie wusste, dass dort ihr Schwiegervater gestorben war, kam bei den Erzählungen von Oma Theresia das "Hölzchen" aber nicht mehr vor.

Zwar war es in der Küche immer mollig warm, auch wenn es draussen noch so kalt war. Trotzdem fiel im Winter der morgendliche Waschgang noch kürzer aus als sonst. Und so manches Mal liessen Hansjosef und ich ihn einfach ausfallen. Hat vielleicht damals, aber nicht heute Spuren hinterlassen.

1939, Pferdekauf

1939 kam ich in die Schule. Schluss war's mit Herum-
laufen... Das Schulgebäude, bestehend aus einem einzigen
Klassenraum, kleinen Nebenräumen, einem Keller und
einer Toilette, war Anfang der 30er Jahren neu gebaut
worden. Den Dorflehrer, den Herrn Kuhn, der nicht weit
davon wohnte, kannte ich ja bereits. Er hatte ein kleines
Haus ganz in der Nähe. Wie wir anderen auch, besass er
für den Eigengebrauch nebenbei noch einige Kühe und ein
Schwein. Herr Kuhn war seit über 20 Jahren im Dorf, seit
Ende des Weltkriegs. Seine Frau war aus Bu.. Sie hatten
hier geheiratet und mittlerweile hatte er viel Erfahrung im
Einklassen-Unterricht.

Acht Schuljahre parallel zu unterrichten ist eigentlich Mord
für den Lehrer. Trotzdem waren solche Einklass-Schulen
noch bis in die 70er Jahre im Sauerland üblich, mit bis zu
65 Schülern. Ich kann mich gut erinnern, dass so mancher
meiner späteren Studienkollegen – ein Grossstädter
natürlich - darüber klagte, wenn er im Alter von 23 oder 25
eine solche Aufgabe übernehmen musste.

Um sich in einer kleinen Schule durchzusetzen, braucht
man Organisationstalent, Energie und Strenge. Das Wissen
kommt erst an zweiter Stelle. Von Hansjosef wusste ich,
dass Herr Kuhn bei den Schülern einigermassen beliebt
war, unter anderem weil er seine Sache ganz ordentlich
machte. Er war fair, wusste unheimlich viel, vor allem in
Geografie und Heimatkunde. Auch sein "Stöcksjen"
(hochdeutsch: Stock) gebrauchte er nur selten.

An Sonntagen hatte ich ihn schon oft gesehen: Er war ein
Naturfreak und liebte es anscheinend, täglich zu wandern.
Sein Wissen bezog er aus Büchern, die er reichlich besass.
Auch eine Art von Vermögen. Er schien sein ganzes Geld

dafür auszugeben. Vermutlich war seine private Bibliothek die grösste im Dorf. Von Hansjosef wusste ich schon, dass er sehr grosszügig auch die älteren Schüler an seiner Bibliothek teilhaben liess. Aber wer liest schon freiwillig was über Pflanzenkunde? Dachte ich so. Einige Jahre später wusste ich es dann: zum Beispiel ich.

Der erste Schultag war nur mittel aufregend; ich kannte ja alle. Was toll war: ich bekam eine eigene Schiefertafel. Mutter hatte sie mir am Tag vorher gekauft. Beim Frühstück ermahnte sie mich mindestens dreimal, vorsichtig damit zu sein und sie nicht zu zerbrechen. Dann lief ich mit den anderen rüber zur Schule. Louise zeigte mir die Bänke der Erstklässler. Alfred und ich setzten uns zusammen. Zu Beginn des Unterrichts erklärte Herr Kuhn mir und den anderen vier Neuen, wie es in der Schule zugeht. "Mal herhören, morgens seid ihr Erstklässler die ersten, mit denen ich anfange. Ich schreibe den Buchstaben, den ihr gerade lernt, an die Tafel. In dieser Zeit haben die anderen einen Auftrag, etwas zu lesen, zu berechnen oder schön zu schreiben. Danach setzt ihr euch mit je einem Schüler des 8. Schuljahres zusammen, der mit euch I-Männchen den Buchstaben übt. Während dessen mache ich dann mit den höheren Klassen weiter. Nach zwei Stunden könnt ihr Erstklässler dann nach Hause gehen."

In der ersten und zweiten Klasse wurde mit Griffel auf Schiefertafeln geschrieben. Die älteren ab der 3. Klasse hatten zwar auch Hefte, Bleistifte und sogar Füllschreiber mit Tinte, die aber hauptsächlich für Klassenarbeiten und Hausaufgaben gedacht waren. Um Material zu sparen, benutzten alle zwischendurch beim Rechnen oder bei Übungen immer noch die Schiefertafeln

Herr Kuhn war so belesen in Geschichte, dass ich sehr oft lieber seinem Unterricht in den höheren Klassen zuhörte, statt Schönschreiben zu üben. Als ich wieder einmal nur eine halbe Tafel geschafft hatte, musste ich ihm erklären warum. Er prüfte nach: "Dann erzähl mal, worüber ich gesprochen habe." Das konnte ich, ich hatte wirklich fasziniert zugehört. Es war um Heimatkunde gegangen, um die Geschichte Rüthens und um den grünen Sandstein.

Nebenbei hatte er von Mellrich gesprochen: Dass Mellrich erstmals 1177 urkundlich erwähnt wurde. Und dass der Name sich dahingehend deuten lässt, dass es in der Geschichte früher eine Gerichtsstätte gewesen seien muss. Darauf weisen z. B. die heute noch bestehenden Flurnamen "Galgenkamp" und "Kehlberg" hin. Ich hatte also fasziniert zugehört und er hat es tatsächlich akzeptiert und mir durchgehen lassen. Weil es eben auch sein Steckenpferd war. Dafür war ich im Rechnen ziemlich gut. Die Klassen hörten gestaffelt früher auf, so dass sich Herr Kuhn um die älteren immer besser kümmern konnte.

Zusätzlich war Herr Kuhn sehr musikalisch und hat in dieser Zeit das Dorf auch stark geprägt. Er spielte die Orgel in der Kirche und gründete sogar einen Männerchor, der manchmal in der Kirche sang. Und das in Bu.! Später hat er auch Frauen zugelassen. Musik-Unterricht in der Schule gab's Gott sei Dank nicht: Allein wir fünf „Funken" hätten mit unserer Unmusikalität jeden Unterricht torpediert. Obwohl, vielleicht wäre das auch ganz lustig geworden? Herr Kuhn hatte sich im Dorf gut eingelebt. Die Bauern respektierten ihn. Seine einzige Leidenschaft war das Skatspielen; er nannte es Konzentrationsübung. Jeden Samstag- und Sonntagabend konnte man ihn in der Dorfkneipe in entsprechender Runde antreffen. Das erzählten die anderen, Vater ging ja nicht dahin.

Sportunterricht hatten wir nur indirekt. Geräte gab es nicht und fit waren wir alle sowieso. Auch eine Trennung von Jungs und Mädels entfiel. Meist liefen wir: 50m-Lauf, 100m-Lauf. Nachsitzen gab es bei ihm überhaupt nicht. Wer etwas angestellt hatte, bekam die Ohren langgezogen. Blaumachen kannten wir gar nicht. Herr Kuhn kannte uns inn- und auswendig, er kannte die Eltern, und auch alle Probleme. Bu. war so klein, dass er auf dem Nachhauseweg vorbeigekommen wäre, um festzustellen, warum einer fehlte.

Das allerbeste an der Schule aber waren die Ausflüge. Einmal im Jahr ging die ganze Schule einen Tag zusammen wandern, wobei Herr Kuhn praktischen Unterricht in Pflanzenkunde abhielt. Mein erster Wandertag würde nächsten Monat stattfinden.

So langsam gewöhnte ich mich an den Schulrhythmus. Jedes Jahr dauerte der Unterricht ein wenig länger. Gleich nach Schulschluss rannten wir so schnell wir konnten nach Hause. Bei nur 200 Metern Distanz ging das ja schnell. Hansjosef war oftmals der schnellste. Hunger! Zum Mittagessen war man sowieso pünktlich. Auch der Vater und die Knechte sahen gewöhnlich zu, dass sie das Vieh bis dahin fertig getränkt hatten.

Vater behauptete immer: "Ich brauche keine Uhr, ich weiss genau, wie spät es ist und wann Zeit um Mittagessen ist." Ich glaube, da hat er aber ein bisschen angegeben. Denn ich sah ihn doch so manches Mal seine Uhr aus der Tasche ziehen und aufklappen. Andererseits konnte fast jeder von uns an den Geräuschen und Gerüchen aus der Küche feststellen, wie weit die Essensvorbereitungen waren. Und ausserdem gab es ja noch den Gong. Der Gong war eigentlich eher eine Art Kuhglocke mit dunklem Klang. Vor dem Mittag- und Abendessen trat die Oma in den Eingang zur Deele und klopfte mit einem kurzen Eisenstück kräftig gegen die Glocke. Das konnte keiner überhören.

Heute rannten wir besonders schnell nach Hause. Vater war am Morgen nach Anröchte gefahren, ein neues Pferd kaufen. Aber noch nicht zurück. Also gab es erst einmal Mittagessen, wie immer warmes Essen, Kartoffeln und Kohl aus dem Garten, kräftig, heute deftig begleitet von dicken Speckscheiben und einkochten Rippchen.

Kaum waren wir fertig, hören wir den Vater schon kommen. Er hatte das neue Pferd hinten an den Kutschwagen gebunden. Ein Fuchs. "Er ist fünfjährig und ein bisschen temperamentvoll. Seid also vorsichtig." Mahnte er uns. "Das gilt vor allem für dich, Heinzfriedel". Er wusste, wie gerne ich mich bei den Pferden aufhielt. Er hatte mir beigebracht, mit den Pferden umzugehen. Ich konnte sie auch schon gut abreiben und striegeln, soweit ich daran kam, aber ich war körperlich noch zu klein, um an alle Stellen zu kommen.

Vater hätte ja gerne auf diese neue Ausgabe verzichtet. Vergeblich hatte er im letzten Jahr versucht, mit Klarissa, der Stute, Nachwuchs zeugen zu lassen, aber ohne Erfolg. Sie hatte einfach nicht empfangen. Dabei war sie doch erst acht, und zwei Fohlen hatte sie bereits gehabt.

Nachdem Alfons und er den Fuchs erst einmal im Stall versorgt hatten, ass er selber, während wir den Fuchs in aller Ruhe anschauten. Die eingekochten Rippchen waren allerdings alle, und die Kartoffeln kalt. Mutter machte aus den Resten Bratkartoffeln und schlug ihm noch ein paar Eier in die Pfanne. Im Winter und im Frühling hatten wir infolge der regelmässigen Schlachtungen eigentlich jeden Tag eine Fleischbeilage, Fleisch in irgendeiner Form, manchmal auch nur als Wurst oder Schinken dazu auf dem Tisch. Vater bekam also noch Schinken zu seinen Bratkartoffeln.

Er und die Mutter sprachen über den Preis für den Fuchs. Er berichtete, was er in Anröchte beim Pferdehändler an Neuigkeiten gehört hatte.

Anschliessend spülte Roswitha das Geschirr und die Holzteller und Oma Theresia bereitete die Brote für den Nachmittagskaffee vor. Mutter und Irmgard gingen melken, während wir Kinder aus dem Pferdestall kamen und erst einmal Hausaufgaben machten. Sobald Louise oder Ilse damit fertig waren, gingen sie zu Mutter in den Gemüse- und Kräutergarten und halfen. Heute war die Reihe an Roswitha, auf Magdalena aufzupassen. Wir hörten sie hinten aus dem Obstgarten irgendetwas spielen, bei dem man anscheinend so laut kreischen musste wie man konnte. Ich machte meine Rechenaufgaben so schnell ich konnte, dann rannte ich wieder in den Stall zum Fuchs. Ich sprach zu ihm, erzählte ihm, dass er es bei uns haben würde und gab ihm ganz vorsichtig auch ein paar kleine Äpfel zu fressen.

Später fuhr ich mit Vater Korn zur Mühle. Aber noch nicht mit dem Fuchs, der sollte sich erst einmal eingewöhnen. Wir brachten das neue Korn für diesen Monat hin und holten die fertigen Mehl- und Schrotsäcke wieder ab. Zwei der Mehlsäcke brachten wir nach Mellrich zum Bäcker und nahmen auch gleich die 12 Brotlaibe für diese Woche mit. Anschliessend kamen die Schrotsäcke oben auf die Heubühne. Danach half ich ihm, den Braunen auszuschirren.

Weil wir deswegen die Kaffeezeit gegen 4 Uhr nachmittags verpasst hatten, nahmen wir uns in der Küche im Stehen schnell zwei dicke Schnitten. Danach half ich Alfons, die Pferde zu striegeln, tränken und zu füttern. Wenn wir uns dem Fuchs näherten, schnaubte er unruhig, schien sonst aber ganz friedlich zu sein.

Vater hatte den Fuchs, wie bisher gewohnt, beim jüdischen Viehhändler gekauft. Und staunte einige Wochen später nicht schlecht, als er in Lippstadt bei der Kreisbauernschaft seinen Namen auf einer Liste sah, betitelt mit ‚Diese

Bauern handeln noch mit Juden!'. Er riss den Zettel ab und brachte ihn mit nach Hause. "Wo soll ich denn sonst 'nen Gaul kaufen? Etwa beim Muesser in Soest? Der zieht einen doch nach Strich und Faden über den Tisch, das weiss jeder hier." Trotzdem sorgte dieses Anprangern bei uns für Unruhe. Was hatten die nur immer mit den Juden? Der Pferdehändler war der einzige Jude, den wir kannten, und mit dem machten die Bauern der Umgebung schon seit Jahren Geschäfte. Kredithaie, ja das war was anderes, die sollten die ruhig mal entfernen.

Vater und Alfred mussten sich die nächsten Tage abmühen, den Fuchs einzuspannen. Er war etwas nervös wegen der fremden Umgebung. Aber mit dem Braunen vertrug er sich gut, und sobald beide eingespannt waren, liefen sie einträchtig zusammen.

Nachdem wir den Aushang gesehen hatten, wurde die ganzen nächsten Tage spekuliert, was das wohl für Folgen haben würde. Auch die Mutter und die Zwillinge sprachen beim Melken noch darüber. Heute war die Ausbeute an Milch wieder einmal reichlich. Das bedeutete viel Milchsuppe am Abend.

Diese tägliche Milchsuppe hatte ich eigentlich gar nicht so gern. Für unseren ganzen Haushalt von ca. 15 Personen haben wir bei einem Abendessen 2 - 3 Liter verbraucht. Morgen würde es frische eigene Butter geben: Nach dem Zentrifugieren der Milch für die Schweine verbleibt Rahm. Der wurde zwei Tage gesammelt und würde morgen früh im Butterfass zu Butter gedreht werden. Fertig war man damit erst, wenn man in dem kleinen Fensterchen die Butterstückchen sah. Butterprofis wie unsere Mutter hörten aber auch schon am Geräusch, wann das Butterstadium erreicht wurde. Die fertige Butter kam in ein irdenes Gefäss und dann in den Keller, den kältesten Raum des Hauses.

Aber frisch, nur mit ein bisschen Salz, schmeckte sie am besten. Lecker!

Dieser Sommer war besonders heiss. Trotz aller Vorsicht kam es ein paar Mal vor, dass die Milch bis zum nächsten Tag schlecht wurde. Wir hatten ja keinen Kühlschrank. Dann fiel unsere Milchsuppe aus. Statt dessen gab es Brotsuppe mit Käse oder als Alternative auch mal Mehlsuppe. Da hätte ich auch gut drauf verzichten können. Aber, jetzt kommt das Gute: die "schlechte" Milch liessen wir weiter stehen, um Quark, Dickmilch oder Käse daraus zu machen. Am besten war die Dickmilch, mit Zucker oben drauf gestreut. Noch mal lecker! Sie musste nur gut abgedeckt sein, damit keine Fliegen reinfielen. Wehe, einer von uns schleckte von der Dickmilch und legte den Teller nicht wieder richtig darüber. Da kannte Mutter nichts, das gab Theater. Ansonsten kam die Milch bei warmem Wetter in den Keller, den kühlsten Ort im ganzen Anwesen.

Jeden Abend gab es Bratkartoffeln bei uns. Mal mit Speck, mal mit Schinken, mal mit Ei. Wer jetzt sagt, man kann nicht jeden Abend Bratkartoffeln essen, der irrt. Ich mag heute noch gerne Bratkartoffeln.

Und jetzt? Ruhe? Immer noch nicht, jetzt musste noch mal gespült werden. Und Stopfen war angesagt. Überhaupt, das Ah und Oh bei der täglichen Fütterung von 15 Raubtieren (dabei neun Heranwachsenden) ist die Logistik. Unsere Mutter verstand es grossartig, minimalistisch vorzugehen: Man denke nur an die fünfmaligen Essensvorbereitungen, das Schlachten, die Wäsche, den Garten, das Putzen, das Melken, die Milchverarbeitung. Es haben immer alle mit angefasst, dafür hat sie gesorgt. Aber wie sie uns dirigiert hat, das war schon grossartig.

Aber noch grossartiger war die Sensation, die bevorstand: Wir würden einen Trecker bekommen! Den ersten Trecker im Dorf. Vater hatte ihn schon im Frühjahr bestellt, mit 20 PS. Was auch immer das bedeutete. Ja, PS steht für Pferdestärke, klar. Aber niemand braucht 20 Pferde, um einen Heuwagen zu ziehen, oder um zu pflügen.

Vater und Alfons fuhren mit dem Einspänner nach Soest, den Trecker abzuholen. Zurück fuhr der Vater die Maschine, und Alfons lenkte den Einspänner. Vater voran. Auf dem Verkaufshof hatten sie ihm gezeigt, wie man so ein Ding ankurbelt, wie man es bedient, lenkt, fährt. Einen Führerschein hatte der Vater bereits vor einigen Wochen beantragt und erhalten. Eine Fahrprüfung Klasse vier brauchte er nicht, er war früher schon Motorrad gefahren. Natürlich war er viel schneller zu Hause als der Kutschwagen. Lärmend fuhr er mit dem Trecker auf den Hof.

Wir hatten ihn von weitem kommen hören und standen schon vorm Haus, uns den Neuerwerb anzuschauen. Vater kletterte ein wenig steif herunter, bei der langen, für seine Verhältnisse schnellen Fahrt war ihm doch kalt geworden. Während wir die Maschine genauer unter die Lupe nahmen, ass er erst einmal. Es war schon abgemacht, dass zuerst einmal er den Trecker fahren und ausprobieren würde in den nächsten Wochen, danach würde Alfons das Fahren übernehmen.

Am meisten beeindruckten mich die grossen Reifen. "Auf Strassen und Feldwegen fährt sich der Trecker ganz gut. Auf dem Acker, mit Pflug oder anderem Anhänger, werde ich gut aufpassen müssen, dass er nicht umkippt. Der Schwerpunkt ist ein anderer als mit den Zugpferden." Meinte der Vater. Zuerst fand ich das witzig, warum sollte so eine schwere Maschine umkippen. Später, als ich fahren lernte, verstand ich dann sehr schnell, was Vater gemeint hatte. Diesel für den Trecker gab es in einem 200-L-Fass, das hinter der Remise stand. Das Fass war gestern schon gekommen, geliefert von der Firma Crämer aus Soest. Die Investition in den Trecker war die grösste Ausgabe, an die ich mich erinnern kann.

Während der nächsten Wochen verfolgten wir den Einsatz des Treckers mit grosser Neugier, auch Vater experimentierte viel. Für den Pflug und die Egge mussten beim Schmied noch zusätzliche Stangen bestellt werden, mit denen sie am Trecker angehängt werden konnten. Als das erste Mal ein Feld maschinell umgepflügt wurde, herrschte noch einmal grosse Begeisterung bei uns, wie schnell das ging. Alle, aber auch wirklich alle, sogar die Oma, kamen mit ans Feld um zuzuschauen. Danach war der Trecker Routine für mich. Trotzdem stank er.

Herbst 1939

Ja, dann kam der Krieg. Zuerst wusste ich mit dem Wort nichts anzufangen. Klar, ich kannte das Wort. Und alte Heldengeschichten. Helden, die immer siegten, und nie starben. Wir Jungs, also Alfred und ich, untereinander stellten uns vor, wie es wohl wäre, wie ein römischer Feldherr durchs Land zu ziehen. Da wurden wir vom Vater aber ganz schnell wieder auf die Erde zurückgeholt. Es war nur ein Abend, aber an diesem Abend sprach er das erste und das letzte Mal über die Zeit in Frankreich. War Krieg heisst und was er damals gesehen hatte. Wir sassen alle in der Stube, und es war mucksmäuschenstill, während wir zuhörten.

Unser Vater war jemand, der sich seiner Verantwortung schon früh bewusst wurde. Das hat er schon früh üben dürfen, denn er war noch keine 20 Jahre alt, als sein Vater starb. Und der jüngste Bruder war noch nicht geboren. Da hiess es, von einem Tag auf den anderen den Hof zu übernehmen und für seine Mutter, die Geschwister und die Knechte und Mägde zu sorgen. 1914, nach erst zwei Jahren, gerade in seine Aufgabe hineingewachsen, wurde er aus seiner Verantwortung gerissen: Er kam mit knapp 22 Jahren an die Westfront nach Frankreich, und blieb dort die ganzen vier Jahre bis zum Kriegsende. Körperlich erschöpft aber unversehrt.

Er erzählte, was er dort bei der Versorgungseinheit gesehen hatte. Das war schon schlimm genug gewesen. Von da an hüteten wir uns, etwas zu Oma Theresia zu sagen. Die beunruhigt regelmässiger als sonst Kontakt zu ihren verbliebenen drei anderen Söhnen suchte. Überhaupt war im Dorf keinerlei Euphorie zu spüren. Der alte Schenken-Bauer erklärte uns: "Für die Bauern heisst Krieg

Ernteausfall, und Ernteausfall ist schlecht. Deshalb ist Krieg schlecht." Logisch, fand ich.

Die Leute im Dorf waren Realisten und schwiegen zur politischen Lage. Erst nach und nach, wenn Nachbarn eingezogen wurden und Nachricht eintraf, dass sie nicht zurückkommen würden, sickerte auch bei uns Kindern durch, was Krieg heisst. Lange Zeit hatten wir vom aktiven Krieg nur wenig mitbekommen. Bu. war ein sehr beschauliches Dorf mit seinen knapp 200 Einwohnern, verteilt auf 50 Häuser oder Höfe. Das östliche Westfalen war eine sehr katholische Ecke. Wir hatten gelernt, dass Bu. zur sogenannten früheren Herrlichkeit Mellrich gehörte, dem heutigen Kirchspiel Mellrich. Wieso das Kirchspiel hiess, verstand ich nicht. Zuständig für uns war das Bistum Paderborn. Durchschnittlich betrug der Anteil der katholischen Bevölkerung 87 %, gegenüber 12 % Evangelischen und 1 % "Sonstigen, inklusive jüdischen Glaubens".

Wie die regelmässig veröffentlichte Statistik verriet. Ich glaube, diese Zahlen stimmten nicht. Rein rechnerisch liess das im Dorf auf zwei jüdische Personen schliessen. Ich kannte allerdings keinen, der nicht in die Kirche ging. Der einzige Jude, den wir kannten, war der Pferde- und Viehhändler aus Anröchte.

Überhaupt war Politik nicht so wichtig wie Wetter und Ernte. Man konnte ja sowieso keinen Einfluss nehmen. "Die machen da oben doch was sie wollen." Auch wenn Vater einer der ersten war, der der Partei beigetreten war. Das musste er seinerzeit als es um die Verteilung des Erbes ging und er amtliche Beratung benötigte, um das Reichserbfolgegesetz umzusetzen. Eine Erpressung, wie er damals fand. Aber da der Beitritt nichts kostete, war ihm das seinerzeit bedeutungslos.

Als nächstes lernten wir in der Schule zeitgemäss den Hitlergruss, statt des sonst üblichen Gebets, und der gleiche Gruss beschloss auch den Unterricht. Eher lasch, als zackig. Uns war es recht: Heil Hitler ist kürzer als ein mehrzeiliges Gebet.

Dann fing das mit den Rationalisierungen an. Die erzwungenen Abgaben von unserer eigenen Produktion fielen uns schwer. Sagte zumindest die Mutter. Für uns Kinder änderte sich vorerst einmal nichts. Unser Speiseplan blieb gleich. Wir vertrauten voll darauf, dass der Teil, der als Eigenbedarf zurückgehalten werden durfte, gross genug ausfallen würde. So war dem auch.

Die Erwachsenen wussten sich teilweise ganz clever zu helfen, zum Beispiel mit der Milch: Damit wir selber auf keinen Fall Milch "hinterziehen" konnten und vielleicht sogar uns anmassten Butter zu machen, war gleich zu Kriegsanfang von der Gauleitung einer vorbeigekommen und hatte irgendein wichtiges Teil der Zentrifuge entfernt. Das neue Gesetz verlangte, dass wir alle Milch abgeben mussten. Oh, was haben die Frauen geschimpft! Was haben sie gemacht? Nun, vorübergehend sind wir zu den Ziegenbauern gegangen und haben uns deren Zentrifuge ausgeliehen (die mussten ja keine Milch abgeben).

Danach hat die Oma die uralte Zentrifuge von vor der Jahrhundertwende wieder aufgetrieben. Die lag hinten in der Remise in dem grossen Holzverschlag, wo alles aufgehoben wurde, was man vielleicht irgendwann einmal wieder brauchen könnte. Gemäss dieser Philosophie enthielt der Bretterverschlag alles, was seit 50 Jahren hier gelagert worden war. An und für sich war es ein Festival, durch diesen Raum zu stöbern. Was wir im Winter bei schlechtem Wetter des öfteren sehr gerne taten. Oma Theresia suchte zwei Tage bis sie die alte Zentrifuge fand.

Das war ein Gaudi! Gespannt warteten wir, dass Mutter sie säuberte und ausprobierte. Es funktionierte!

Damit haben wir dann unsere Butter gemacht, natürlich weniger als früher, um nicht aufzufallen. Was dachten sich diese Städter in Berlin eigentlich? Wir brauchten Butter, was gab's da also gross zu diskutieren? Genau dasselbe bei der Magermilch: womit sollte man ihrer Meinung nach die Schweine füttern und aufpäppeln? Nur damit der bürokratischen Kontrolle Genüge getan wurde und unsere wiedergewonnene Unabhängigkeit nicht auffiel, ging morgens die gesamte offizielle Milch die sechs Kilometer nach Drewer und der Magermilch-Anteil kam am nächsten Tag die sechs Kilometer wieder zurück. Der Anteil unserer offiziellen Lieferung verkleinerte sich halt um ein paar Liter. Können wir was dafür, wenn die Kühe auf einmal weniger geben? Mutter hat die Menge langsam reduziert, so dass wir auch gar nicht aufgefallen sind.

Aber zunächst einmal gab es ein anderes Ereignis: Wir bekamen wieder ein Schwesterchen. Ende September wurde unsere Margret geboren, im Ehebett zu Hause. Auch wenn der Vater heimlich auf einen Jungen gehofft hatte, freute er sich wie über alle anderen Kinder auch. Die Beunruhigung über den Angriff der deutschen Armee hatte vermutlich dazu beigetragen, dass Margret vier Wochen früher als geplant zur Welt kam. Ohne Komplikationen. Aber sie war kräftig und unterhielt bereits in der dritten Woche nach der Geburt das ganze Haus mit ihrem Gebrüll.

Zur gleichen Zeit etwa zog Tante Tresgen aus. Sie heiratete und zog zu ihrem Mann nach Wuppertal-Elberfeld. Die Hochzeit fand nur standesamtlich statt, und zwar in Wuppertal. Standesamtlich, weil der Onkel Ludger evangelisch war. Das war zu weit, als dass wir alle hätten hinfahren können. Leider. Nicht wegen der Hochzeit, aber wegen der Schwebebahn. Damit wäre ich zu gern einmal gefahren. Unsere Mutter konnte wegen Margret auch nicht hinfahren, und Vater war zur Zeit unabkömmlich. Da fuhren dann nur die Oma, Tante Lilli und Onkel Fritz hin, mit der Bahn.

Sie erzählten, dass Tante Tresgen und ihr Mann Ludger eine sehr schöne Vier-Zimmerwohnung in der Stadtmitte hätten, mit einem Wasserklosett. Onkel Fritz erzählte: "Stellt euch vor, mitten in der Stadt. Vor dem Haus fährt die Strassenbahn. Einen Garten haben sie auch nicht. "Wie viele Kühe und Schweine haben sie denn?" Wollten wir wissen. Er lachte: "Gar keine. Sie kaufen alles ein, was sie brauchen." Das konnten wir uns gar nicht vorstellen. Da müsste Tante Tresgen ja jeden Tag einkaufen. "Ist Onkel Ludger Millionär?" "Nein, das nicht. Aber er verdient als Rechtsanwalt ganz gut. Ausserdem haben sie ein Auto. Damit werden sie uns spätestens nächstes Jahr besuchen kommen."

Nach dem Auszug gab es wieder eine Rochade. Tante Lilli zog zur Oma ins Zimmer und die Mädels bekamen ihr Zimmer, wo sie jetzt alle zusammen schliefen. Christine und Margret blieben aber noch unten im Elternschlaf-zimmer. Als Folge hatten wir Jungs unser eigenes Zimmer, rechts der Treppe über dem Elternschlafzimmer. Unsere Schlafzimmer waren nicht speziell. Einfache Holzbetten mit Seegrasmatratzen, eine Kommode und Kleiderhaken, an denen wir die Jacken aufhingen.

Es waren "Frischluft-Schlafzimmer", ohne Heizung. Im Winter war es manchmal so frisch, dass sich an den Aussenwänden dicke Eisschichten bildeten. Zwar hatten wir alle dicke Federbetten, aber selbst die reichten dann nicht mehr aus. Das war der Moment, wo wir Kinder alle zusammenrückten und wir Jungens nach nebenan zu den Mädchen zogen, weil diese für ihr Zimmer und das angrenzende der Oma ein kleines Öfchen hatten. Darin war es nicht mehr eiskalt, sondern nur noch kalt. In solchen Nächten behielt ich meine Socken an. Wenn man pinkeln musste, starben einem sonst auf dem Weg zum Klo die Füsse ab. Die Holzschuhe konnte ich ja erst unten anziehen, denn wenn ich damit die Holztreppe heruntergepoltert wäre, hätte ich alle anderen geweckt.

Ende Oktober war der zweite Wandertag in diesem Jahr. Diesmal ging es zur Nepomuk-Statue, kurz vor Mellrich. Diese verdanken wir den Schlossherren von Fürstenberg. Die Familie hatte Beziehungen zur Tschechoslowakei und von dort die Statue mitgebracht. Nahe der Strasse Richtung Anröchte auf einer kleinen Lichtung steht der steinerne Nepomuk. Hierhin führte der Weg von der Kirche her durchs Dorf. Direkt neben dem Nepomuk hatte die fürstliche Familie eine Kanzel aus grünem Sandstein errichtet, die der Pfarrer bei der Prozession im Mai gerne nutzte.

Für einen Wandertag war das nicht sehr weit, aber wir beschäftigten uns unterwegs viel mit Pflanzen und versuchten, Vögel zu bestimmen. Am Abend konnten wir alle sehr gut den Ruf eines Eichelhähers nachmachen. Herr Kuhn kannte fast alle einheimischen Pflanzen, wir wussten den Namen von vielen, aber vorsichtshalber hatte er noch je ein Buch zu Pflanzen und Vögeln dabei. Ich fand den Tag toll. Hansjosef dagegen lag lieber in der Wiese nebenan und schlief.

Herbst 1940

Heute war Samstag. Gleich beim Aufwachen fiel mir ein: Badetag. Neben der täglichen Katzenwäsche in der Küche war alle 14 Tage Badetag. Nach dem Mittagessen zog sich Irmgard, unsere Magd, ihr "olles Kleid an" wie sie immer sagte und zog die dicke blaue Schürze darüber. Dabei war ihr olles Kleid sauberer als die anderen, weil es ja nur alle 14 Tage nass wurde. Dann scheuerte sie in der Futterküche so sorgfältig wie möglich den Futterkessel und füllte ihn anschliessend mit heissem Wasser.

Da ging dann der Reihe nach die ganze Truppe durch. Nein halt, die kleine Margret und Christine wurden in der Küche gebadet, wo es auch wärmer war. Oft stellte die Mutter sie einfach in ein kleines Zinkfass und rieb sie mit warmem Wasser ab. Margret wurde ja sowie dauernd abgeputzt. In der Futterküche gingen erst die anderen Mädels in den Kessel, danach Hansjosef, der Vater und ich. Immer die gleiche Reihenfolge. Am Anfang klebte meist noch etwas Rübenfutter am Rand, anschliessend war aber auch der Kessel garantiert sauber. Gut, dass es heute draussen warm war, da würden die Handtücher draussen im Vorgarten schnell trocknen.

Trotz unserer sanitären Minimaleinrichtung sorgte unsere Mutter mit viel Energie dafür, dass wir ein ausreichendes Minimum an Körperpflege einhielten und auch, dass unser Äusseres mehr hermachte als unter den Bedingungen zu erwarten gewesen wäre.

Eigentlich hatte Mutter also nicht alle vier Wochen Waschtag, sondern alle zwei Wochen. So oft wir sonst auch eingeteilt wurden, die jüngeren zu beaufsichtigen: Die Waschprozedur delegierte sie nie, sondern machte das immer selber. "Auch eine Gelegenheit, jedem einzelnen meiner Kinder Aufmerksamkeit zu schenken. Ausserdem sehe ich dann sofort, ob euch was fehlt, oder ob ihr gesund seid."

Überhaupt waren wir ein gesunder Haufen. Natürlich gab es mal Erkältungen, aber die gingen vorbei. Richtig krank wurden wir nur einmal, nämlich diesen Herbst, als wir Masern hatten. Hansjosef war der erste. Er war irgendwie maulig, und kriegte dann überall so rote Dinger im Gesicht. Mutter merkte natürlich schnell, dass da was nicht stimmte. Weil er auch Fieber hatte - durch Handauflegen festgestellt -, steckte sie ihn erst einmal in das Bett der Eltern und machte ihm Umschläge.

Bei mehreren Kindern hat nicht eines Masern, sondern alle. Am nächsten Tag kam dann Roswitha dazu, und dann auch wir anderen. Sobald das Schlimmste vorbei war, wurde es für uns wieder eher lustig: Alle Masern-kranken wurden in das Bett der Eltern gesteckt und richtig verwöhnt. Soweit ich mich erinnere, war das ausser bei dem Unfall vom Vater das erste Mal, dass ein Arzt ins Haus kam. Wohl haupt-sächlich, weil auch Christine sich Masern eingefangen hatte. Schliesslich war sie ja noch so klein und schrie und schrie.

Zweimal im Jahr wurde grosser Haus- und Hofputz veranstaltet. Den Hof machten wir Kinder sauber. Im Frühjahr zogen wir dazu natürlich unsere Holzschuhe an, dann schöpften wir reichlich Wasser aus dem Brunnen und verteilten es auf dem Platz. Anschliessend gingen wir mit dicken Reisigbesen hinterher, die beste Methode für unregelmässige Pflastersteine. Das machte man am besten kurz bevor Waschtag war. Zu Weihnachten bedeutete Hofputz Schnee räumen. Das war eine ganz schöne Plackerei. Erst wurde mit Schaufeln geräumt, danach wieder mit den Reisigbesen hinterher gegangen. Gefährlich glitschige Angelegenheit.

Aber zurück zum Waschtag. Kaum war ich dran gewesen und hatte mich wieder angezogen, durfte ich den Vater begleiten. Er wollte erst mit dem Schmied einen Termin fürs Beschlagen der Pferde für den Winter abmachen, und dann noch zum Schreiner. Was er da wollte, ist mir nicht ganz klar geworden. Aber ich ging sehr gerne mit ihm. Dann wurde nämlich geklönt, auf Platt. Meist kam noch der eine oder andere Dorfbewohner dazu. Später beim Essen hatten wir dann in der Regel viele Neuigkeiten zu erzählen. Der Schmied, Adam Gössmann, war ein echtes Original. Er priemte den ganzen Tag, sogar in der Kirche. Er sollte für die Pferde besonders scharfe Eisen anfertigen, damit wir auch bei Schnee und Eis die Miste alle vier Wochen wegfahren und auf die Felder bringen konnten.

Sehr gerne fuhr ich auch mit zum Holzholen. Wir kauften das Holz, bereits fertig geschnitten, im Warsteiner Wald beim Förster. Dazu ging es mit zwei Wagen und Pferden los. Wir fuhren erst zum Förster, verhandelten, wie viel Holz wir haben konnten und bezahlten - mit Bargeld! Anschliessend fuhr der Förster oder sein Gehilfe mit uns raus und zeigte uns, wo die Holzstapel lagen. Dann warfen wir die langen Holzscheite hoch auf die Wagen.

Wir kauften immer frisch geschnittenes Holz, weil es billiger war, und liessen es auf dem Hof unter dem Dach der Remise trocknen. Erst kurz vor Gebrauch wurde es zu kleineren Scheiten verarbeitet. Das machten in der Regel wir Männer. Den Geruch von den frisch gesägten Bäumen liebte ich, so ein Tag im Wald wurde mir nie langweilig. Dieses Jahr fuhren wir an mehreren Tagen hintereinander in den Wald. Der Vater meinte, "man weiss nie wo es zuerst knapp wird". Deshalb bestellte er auch noch ein Extrafass Diesel für den Trecker, als Reserve.

Früher hatte hin und wieder auch Wild auf unserem Speiseplan gestanden, besonders Wildschwein. Vater hatte zwar keine eigene Jagd und die Jagdrechte auf unserem Boden waren verpachtet. Aber er ging gerne als Treiber mit, und konnte anschliessend preiswert geschossenes Wild kaufen. Hasen lohnten sich für uns nicht, obwohl ich die sehr gerne mochte. Aber die machten zuviel Arbeit für zu wenig Fleisch. Deshalb gab es nur ganz selten Hase, Kaninchen schon gar nicht. Aber Wildscheinragout war auch toll. Damit war jetzt ebenfalls Schluss. Leider.

Obwohl, im Frühjahr bekamen wir, wie die meisten Höfe auch, eine Einquartierung. Drei der Soldaten kamen vorrübergehend zu uns. Dafür mussten Hansjosef und ich unsere Kammer freimachen. Ein drittes Bett, ein Feldbett, brachten die Uniformierten mit. Hansjosef schlief bei den Eltern, ich bei der Oma. Ihre Pferde kamen zu unseren in den Pferdestall.

Die drei kamen irgendwo aus dem Osten, so ungefähr kurz vor Russland, und sprachen einen ganz witzigen Dialekt, den wirklich kein Schwein verstehen konnte. Aber sie waren ganz o.k., sie halfen beim Dreschen, Füttern und sogar beim Melken. Zusammen mit dem Vater und Alfons sassen sie in der Küche am grossen Tisch. Tagsüber waren sie weg und kamen erst abends wieder. Ein- oder zweimal brachten sie uns auch Hasen und Kaninchen mit, das gab einen leckeren Eintopf. Besonders gut war, dass wir beim Essen dann nicht auf die Schrotkugeln achten mussten, sie hatten keine Schrotgewehre, sondern vielmehr Kugeln genommen.

Frühjahr 1941, Waschtag

Sie erinnern sich an die Beschreibung über das Wasser? Es gab fliessend Kaltwasser in der Futterküche, die gleichzeitig auch als Waschküche diente. Genau wie für die Badetage, wurde Wasser heiss gemacht, danach der grosse Futterkessel verwendet, um die Wäsche einzuweichen.

Waschtage waren lang, aber Mutter war ein Glückspilz, wie sie uns wissen liess. "In Bu. wurde noch bis Mitte der 30er Jahr - also als ich nebenan auf Schenken-Schönnes Hof war - gemeinsam unten im Dorf am Wäscheteich gewaschen. Eben jener Brunnen, wo auch in trockenen Sommern das Wasser nie versiegte. Gewaschen mit eiskaltem Wasser. Brrr, das war wirklich eisig. Ihr kennt ja die gemauerte Überlaufrillen und die Ränder um den Wäscheteich. Darauf konnte man die Wäsche schlagen bzw. sogar Waschbretter einhängen. Richtig sauber wurde die Wäsche auch nicht." Der Waschteich war noch da, wurde aber nur noch als Viehtränke gebraucht. Trotzdem war der Waschtag immer noch ein höchst anstrengender Tag, den niemand herbeisehnte. Das war nicht wie heute: Wäsche in die Waschtrommel, Pulver rein und nach einer Stunde fertig zum Trocknen aufhängen oder in den Trockner stecken.

Aber der Reihe nach. Zunächst einmal: Waschtag war alle vier Wochen. So wie heute. Irmgard machte sich also daran - nachdem sie sich die grosse wasserfeste Schürze umgebunden hatte und ihr "olles Kleid" wieder angezogen hatte - den Kessel in der Futterküche gründlich zu säubern. Dann kam die Wäsche in die gemauerten Tröge hinein, wurde in kaltem und erhitzten warmen Wasser eingeweicht und später dann im Kessel zum Kochen gebracht. Ein Teil wurde materialbedingt in den Trögen von Hand gewaschen, ein anderer, vor allem Bettwäsche und Handtücher, kam in die handbetriebene Holzwaschmaschine.

Das ist richtig: wir hatten schon eine ‚Waschmaschine' mit Handbetrieb. Ein hölzernes Waschgerät, das höllisch schwer zu bedienen war, aber die Wäsche sauberer wusch als es von Hand möglich war. Die eingeweichte und gekochte Wäsche kam in den flachen Holzbottich. Der wurde mit einem Deckel zugeschraubt, seitlich waren zwei Achsen mit Griffen auf einer Seite, mit denen man den Bottich dann seitwärts nach oben drehen konnte, rechts hoch, wieder runter, links hoch, wieder runter. Nach einer halben Stunde ‚Schaukeln' war die Wäsche dann einigermassen sauber.

Das Schaukeln war echte Männerarbeit, wegen des Gewichts der nassen Wäsche. Deshalb half meist der Alfons und bediente das Gerät. Die Wäsche musste dann in Anführungszeichen "nur noch" gespült und im Garten oder auf dem Boden aufgehängt werden. Das Spülen machten Irmgard und Louise oder Ilse. Hochgetragen auf den Dachboden wurden die schweren Eimer dann immer zu zweit, da packte jeder mit an. Neben den Schlafzimmern wurde die Wäsche aufgehängt. Über die Bretter des Dachbodens im Deelenbereich musste man vorsichtig gehen, so morsch waren sie.

Gewaschen wurde den ganzen Tag lang. Es dauert seine Zeit, Kleidung, Handtücher und Bettwäsche von 15 Personen zu behandeln. An solchen Tagen gab es auch nur ein einfaches Mittagessen, meist eine dicke Suppe (also Erben-, Bohnen oder Linsensuppe). Die konnte von Oma Theresia ohne Probleme allein zubereitet werden.

Besonders unangenehm waren die Waschtage bei kaltem Wetter. Das Spülen mit dem kalten Wasser und überhaupt das ganztägige Hantieren im Wasser bzw. mit feuchtem

Material tat den Händen nicht gut. Auch der Rücken schmerzte Mutter nach so einem Tag. Unterwäsche und Socken wurden separat "mal schnell in der Küche durchgewaschen". Trotzdem musste ein Paar Socken durchaus mal acht Tage oder auch länger überleben, das war völlig normal. Die ramponierten Arbeitshände wurden nachher mit Kuhfett behandelt, das half auch gegen eine Entzündung der vielen Schnitte und Verletzungen, die man sich unweigerlich einhandelte.

Es gab eine grobe Arbeitsteilung der Verantwortungen: Der Vater entschied und überwachte alle Aussenarbeiten auf den Feldern, Wiesen und Äckern, ein Knecht war jeweils verantwortlich für das Vieh und ein bis zwei für die Pferde und ihren Einsatz im Feld. Für alles, was im Haus, im Gemüsegarten und bei den Hühnern passierte, zeichnete die Mutter verantwortlich. Das Geld und die Bücher verwalteten sie gemeinsam.

Weiter hatten wir keine strenge Einheit: die Übergänge waren immer fliessend. Wer Hilfe brauchte, sagte das und bekam sie von dem, der gerade helfen konnte. Nach dem gleichen Prinzip wurden wir Kinder auch zu alters-gerechten Hilfsarbeiten herangezogen. Kleine Geschwister verwahren, Kühe hüten, Gemüse schnippeln, umrühren, Eier suchen und Geflügel füttern fielen natürlich fast immer an. Je grösser wir wurden, desto zielsicherer konnten wir eingesetzt werden. Trotzdem fiel, ganz klassisch, ein Teil der Hausarbeit automatisch den Mädels zu. Erst wenn diese Arbeiten erledigt waren, halfen sie draussen.

In den Schulferien standen wir ganztags zur Verfügung. Die Ferien waren dem Rhythmus des Landlebens angepasst: In den Osterferien halfen wir ackern und Getreide säen, zu Pfingsten beim Kartoffelpflanzen und Rüben säen, pflegen, verhacken und verziehen, im Sommer bei der Getreideernte und im Herbst bei der Kartoffel- und

Rübenernte. Auf der anderen Seite war ich dann ab 1946, von wo an ich in Rüthen zu Schule ging, zeitlich ziemlich belegt: aus dem Haus um 6.00 Uhr, zurück gegen 14.00 oder 15.00 Uhr. Dann essen, ein klitzekleines Schläfchen halten, Schularbeiten machen. Das gleiche galt für Roswitha und später auch die anderen, die dann nach Lippstadt fuhren. Aber abends die Kühe reinholen ging immer noch.

Die Getreideernte hatten wir nicht so gerne: heiss und immer staubig. Es war unsere Aufgabe, die Bündel nach dem Mähen eine Reihe zurückzutragen und zusammen-zustellen, damit der Mähbinder sie bei der nächsten Reihe nicht platt fuhr. Das galt nur, falls nur von einer Seite gemäht werden konnte. Die Getreidestängel waren lang und die Ähren mit den scharfen Grannen verletzten einen sehr schnell im Gesicht. Die Bündel mussten nicht nur zusammengestellt werden, sondern - ganz wichtig - auch ausgerichtet werden, damit beim Aufladen der Bewegungsablauf gleichmässig und effizient war. Dann wurden die Fuder gepackt, zum Hof gefahren, dort wieder abgeladen, durch Weiterreichen an den Ort ihrer Bestimmung gebracht und dort sorgfältig gestapelt.

Im Winter halfen wir oft beim Füttern im Stall. Es war kinderleicht, die Rüben in den Rübenschneider zu werfen und dann in die Tröge zu geben, vermischt mit Häcksel oder auch mal Kraftfutter. Der Rübenschneider wurde bis ca.1950 von Hand gedreht. Erst dann bekamen wir einen Elektromotor.

Noch lieber kletterte ich allerdings die Leiter zum Heuboden hoch und half, das Heu und Stroh nach unten zu werfen. Gezielt zu werfen lohnte sich: je näher am Trog das Heu landete, desto weniger Arbeit hatte man hinterher. Das gleiche galt für das Stroh zum täglichen Einstreuen. Die meiste Arbeit machte übrigens das Füttern der Schweine.

Damit waren Mutter und Marianne jeden Vormittag sicher eine Stunde beschäftigt. Die Schweine, die neben der Futterküche wohnten, wurden auch von dort direkt versorgt. Mit Magermilch, Rüben, Essensresten und Grünfutter. Im Sommer Grünklee, Gras, 1 - 2 x pro Tag einen Einspänner voll. Im Winter, da war es praktisch, dass die Futterküche auch eine Wasserleitung hatte. Dann musste 1 - 2 x pro Tag ein grosser Futterkessel mit Rüben und Kartoffeln gefüllt und gekocht werden. Je nach Grösse der Schweine musste der Inhalt des Kessels auch mit der Handmühle zerquetscht werden, dem "Quetscher" wie das Ding bei uns hiess, und anschliessend mit Gerstenschrot vermischt werden, damit die Schweine auch schön fett wurden.

Wissen Sie noch, wie lange man braucht, um eine Kuh leer zu melken? Ca. 10 Minuten (wir reden natürlich noch von den Zeiten des Handbetriebs). Mal eben in den Stall gehen zum Melken, wie wir heute so gerne lapidar formulieren, hiess bei unseren 15 Kühen 2 ½ Stunden Melken. Waren zwei bis drei Personen da, schafften diese es auch in einer Stunde. Wir haben in der Regel dreimal pro Tag gemolken. Sozusagen gratis Fitness am lebenden Objekt.

Mit "wir" meine ich die Mutter, - und ab 1944 - Marianne und die Zwillinge, die sich dabei abgewechselt haben. Seltener halfen auch Hansjosef und ich mit, manchmal auch einer der Knechte. Später, in den Nachkriegsjahren, wechselten die Hilfen ständig. Meist hatten wir entlassene Soldaten als Landarbeiter, die nicht in ihre Heimat im Osten zurück konnten. Die sprachen vielleicht ein ulkiges Deutsch. Aber zumindest verstanden sie etwas von der Arbeit. Einige von ihnen waren allerdings oft müde und zu schlapp für die Arbeit.

Sobald ich alt genug war, übernahm ich Aufgaben bei der Pferdepflege, während Hansjosef mehr auf den Feldern arbeitete. Das war für mich eine grosse Verantwortung, die zu tragen aber nicht schwer war: füttern, tränken, pflegen, striegeln und einspannen. Ich mochte Pferde gern und habe beim Vater immer gut beobachtet, wie er mit den Tieren umging. Der Vater brachte mir bei, dass man vor Tieren, die immer gut behandelt werden, keine Angst haben darf, auch wenn sie grösser als man selber sind. Und wenn, dann darf man sich die Furcht nicht anmerken lassen.

Zunehmend war ich allein mit dem Einspänner unterwegs: Kornsäcke zur Mühle bringen, Brot aus Mellrich holen, andere Besorgungen. Das mit dem Brotholen war neu. Nachdem der Bäcker und sein Gehilfe eingezogen worden waren zum Dienst am Vaterland (ich sagte immer am statt fürs) und seine Frau den Laden alleine führte, wurden die Brote nicht mehr geliefert. Der Brotwagen war wohl noch da, aber die Pferde waren auch weg.

Ganz egal wie viel zu tun war, wir fanden immer genügend Zeit zum Spielen. Spielsachen gab es zwar nur wenige, aber alle Mädchen hatten eine Puppe. Ansonsten waren wir einfach draussen, stromerten, spielten Ball, im Winter Brettspiele und auch mal Karten. Oft wurde einfach erzählt und gelacht. Bei uns war immer was los, auch viele Freunde kamen zwanglos vorbei und waren immer willkommen. Viele Kinder haben natürlich mindestens doppelt so viele Freunde. Wir waren also selten tagsüber unter uns. Dann wurde oft im Dunkeln noch Räuber und Genditz (Gendarm) gespielt, Verstecken oder auch Blinde Kuh.

Im Mai - wir gingen jeden Abend zur Maiandacht in die Dorfkirche - war oft Gelegenheit, Unterdorf jagt Oberdorf zu spielen (oder umgekehrt). Besonders schön war es, wenn Vater sich Sonntag abends die Zeit nahm und mit uns spielte. Er spielte am liebsten Mensch-Ärgere-Dich-Nicht oder Karten. Jeden Abend hörten wir uns die neuesten Nachrichten im Radio an.

Oder die Mädels tanzten auch mal zur Musik. Sie brachten Hansjosef und mir auch das Tanzen bei. Ich war zwar noch klein, aber ich tanzte damals schon gerne. Mir war aber nicht klar, wie viele Pluspunkte mir das später bei dem anderen Geschlecht bringen würde. Leider konnte ich, trotz Einsatz meines geballten 8jährigen Charms, die Mutter nie zu einem Tänzchen überreden. Sie war froh, wenn sie sitzen und sich ausruhen konnte. Dafür tanzte Marlene umso lieber. Sie kannte auch jeden, wirklich jeden Tanz und die Schrittfolge. Woher sie die alle kannte und vor allem, wie sie sich alle merken konnte, war mir schleierhaft. Am Anfang fingen wir immer mit Holzschuhen an den Füssen an, aber die zogen wir sehr schnell aus.

Im Sommer, wenn es trocken war, spielten wir Schlagball. Am liebsten mit Grasnkempers bei uns auf dem Hof. Sonntags oder abends, ausser an Erntetagen. Die dauerten zu lange, da blieb keine Zeit mehr übrig. Ausserdem waren wir am Ende von solchen Tagen zu müde. Viele Männer trafen sich Sonntag nachmittags auf der Hauptstrasse und spielten ebenfalls Schlagball. Unser Vater war nicht mehr dabei. "Das habe ich gemacht als ich noch jung war und keine Kinder hatte." Ein gekaufter Lederball war höchst kostbar und sehr begehrt. Wir hatten keinen, deshalb behalfen wir uns mit einem selbstgebauten aus Gummischläuchen. Die sammelten wir, wo immer ein Reifen nicht mehr verwendbar war. Dann schnitten wir die Schläuche in Ringe und legten sie solange übereinander, bis die Geschichte rund war. Ein solcher Ball war natürlich extrem hart. Wir hätten zwar auch gerne Fussball gespielt, aber es gab im ganzen Dorf keinen Lederball.

1942, Wir bekommen Fremdarbeiter

Heute haben wir in der Schule von Herrn Kuhn gelernt, dass wir „Funken" unter den Preussen die Nummer zwei waren. Was heisst das? Als seinerzeit die Preussen für Ordnung sorgten, erhielten alle Häuser genaue örtliche Identifizierungen durch Zuordnung einer Nummer. Ein Brief wurde nicht mehr adressiert an "Bauer XYZ, genannt Funke, Bu.," sondern korrekt mit "Bauer XYZ, Nr. 2, Bu.". In Bu. war der Prozess der Adressierung einfach vor sich gegangen: der reichste Bauer war der Bürgermeister und gab sich die Nr. 1. Der zweitgrösste Hof, auf dem der Besitzer auch noch schreiben konnte (!) erhielt die Nr. 2. Die Strassennamen waren noch irrelevant, und die Nummern lagen über das ganze Dorf verteilt.

Diese Geschichte faszinierte mich irgendwie. Ich erzählte das noch ganz atemlos der Mutter, aber die fand das nicht so spannend wie ich und schickte mich - weil ich als erster da war - erst einmal in den Garten, ein paar Beeren zum Nachtisch zu pflücken. Bei Tisch kam ich wieder auf das Thema zurück. Der Vater meinte nur „Das war überall so, das ist nichts Besonderes." Und dann lachte er: 'Stell dir mal vor, da hätte einer aushilfsweise dringende Post ins Dorf bringen müssen und nach der Nummer 2 gefragt. Kein Mensch hätte gewusst, wo das war. Aber wenn er nach Funkenhof gefragt hätte, dann hätte man ihn schon dirigiert.' Stimmt eigentlich, so ist es heute noch immer.

Nach dem Essen - Bratkartoffeln, roher Schinken, Salat mit Möhren und Radieschen - verkündete der Vater: "Wir kriegen wieder Hilfe. Einen Kriegsgefangenen." Nach der ersten Überraschung wollten wir wissen, wo wir denn den einsperren sollten. Wir hatten doch gar kein Gefängnis. Vater lachte uns aus, nahm aber gleich die Gelegenheit war, uns den Umgang mit dem künftigen Helfer zu beschreiben. "Ich erwarte von euch, dass ihr freundlich seid und ihn nicht irgendwie als Kriegsverlierer behandelt. Er ist ein Mensch wie jeder andere auch, und der Gauleiter hat mir zugesichert, dass er was von Pferden und Landwirtschaft versteht." Hoffentlich. Auf jeden Fall sollten wir zurückhaltend sein und ihn nicht mit Fragen löchern. Er würde Alfons ersetzen, der vor einigen Wochen eingezogen worden war. Alfons Arbeitskraft fehlte spürbar sowohl bei der Pferdeversorgung als auch beim Treckerfahren.

Nach dem Essen brach der Vater mit dem Einspänner nach Anröchte auf. Als die beiden Männer zurückkamen, liefen wir dem Wagen entgegen. Der Kriegsgefangene war eine Sensation, da er der erste unfreiwillige Arbeiter im Dorf war. Wir hatten allen davon erzählt. "Aber der sieht ja ganz normal aus", stellte Roswitha fest. Stimmt, der sah aus wie jeder Knecht, der bei uns gearbeitet hatte: mittelgross, dunkelhaarig, kräftig. Allerdings machten die beiden Männer keinen besonderen glücklichen Eindruck. Es stellte sich dann heraus, dass Marcel aus Frankreich kam. Genau das war das Handicap: er sprach kein Deutsch.

Wenigstens bewies er noch am gleichen Abend, dass er was von Pferden verstand. Glück gehabt. Es war ja schon mühsam mit ihm zu reden. Die ersten Wochen war er auch sehr still, später taute er langsam auf. Er kam von einem Hof im Massif Central. Wir mussten erst einmal Herrn Kuhn, den Lehrer, fragen, wo das lag. Natürlich wollte er kein Kriegsgefangener sein. Aber er fand "besser arbeiten denn Gefängnis". Er hatte immer Zeit für uns Kinder. Das heisst, er redete ja nicht viel. Aber er war ein guter Zuhörer.

Das lustigste Erlebnis, über das wir uns noch wochenlang vor Lachen kringelten, war als Vater Marcel auftrug, die Pferdehalfter zu reinigen: Als Franzose liess Marcel naturgemäss das "h" weg, und das "l" hatte er auch nicht verstanden... Also machte er sich, wenn auch sehr misstrauisch, daran, die Hinterteile der Pferde zu säubern. Solange zumindest, bis Vater endlich begriff, warum er das machte und ihn stoppte.

Ein halbes Jahr später kam auch noch Winfried, ebenfalls ein Kriegsgefangener. Das war da aber schon lange nichts besonderes mehr. Dem musste man noch nicht einmal die Sprache beibringen. Er war Elsässer, sehr lustig und bei ihm haben wir sowieso dauernd vergessen, dass er nicht für immer bei uns bleiben sollte. Er war zuständig für die Felder, und kannte sich auch mit Treckern aus. Allerdings vertrugen er und Marcel sich nicht besonders. Das hing aber mehr mit dem politischen Schicksal des Elsass zusammen. Dass auch Marianne, unser Polenmädchen, nicht ganz freiwillig bei uns war, hatten wir sowie schon vergessen. Sie beinahe auch: denn sie tat bei uns dasselbe wie zu Hause und wurde wie ein Familienmitglied behandelt. So fühlte sie sich wohl auch, sonst wäre sie nach dem Krieg nicht noch freiwillig täglich aus dem Sammellager zu uns gekommen.

Überhaupt, Marianne, das war eine Marke. Gross, breit, kräftig, auch auf dem Land aufgewachsen. Die langen schwarzen Haare immer zum Zopf geflochten und unter einem Tuch versteckt. Die konnte zupacken. Sie brachte es sogar fertig, am Waschtag zu singen. Mit ihr war es immer lustig. Wir brachten ihr Deutsch bei, und sie erzählte uns Geschichten von zu Hause. Einige Male hat sie auch gekocht, nach schlesischer Art, wie sie das nannte. Mit Knödeln. Das schmeckte fremd, aber gut. Besonders gut konnte sie allerdings den sonntäglichen Streuselkuchen backen. Sie bearbeitete den Hefeteig so lange, dass er nachher fast doppelt so hoch war wie sonst.

Sonntagmittags gab es, zumindest im Sommer und Herbst, immer etwas aus eigenen, am Samstag geschlachteten Hühnern. Zur Kaffeezeit nachmittags backte die Mutter - oder eben Marianne - grundsätzlich und ohne Ausnahme

Streuselkuchen. Immer zwei Platten voll. Platten doppelt so gross wie die heute üblichen. Ein Festival! Da durften wir zwischendurch schon mal ein Stück probieren oder auf die Hand mit nach draussen nehmen.

Das beste an Sonntagen war allerdings mittags der die ganze Woche lang heiss herbeigesehnte Vanillepudding. Ehrlich gesagt, ich frass immer wahnsinnig viel davon. Weil, wie gesagt, es so viel Süsses ja nicht gab. Und ausserdem war ich schon damals ein süsser Junge ;-). Nun war der Pudding ganz frisch und oft noch warm. Das wiederum führt zu einer guten Verdauung. Was soll ich sagen? Sonntags war der einzige Tag, wo wir vor dem Klöchen schon mal Schlange stehen mussten.

Es hört sich so an, als ob wir den ganzen Tag immer nur gegessen haben. Aber das stimmt nicht. Es gab viel zu tun und zwischendurch waren wir einfach immer hungrig. Als Lehrer Kuhn erzähle, dass in vielen Staaten Afrikas die Menschen nur zweimal pro Tag essen, hat mich das lange und oft beschäftigt. Und vor allem: kein Brot zu haben. Genauso wenig konnte ich mir vorstellen, jeden Tag Hirse zu essen. Immer das gleiche? Nee, dann lieber Mettwurst, die schon ein bisschen grün aussieht. Dass wir eigentlich jeden Tag von Brot und Bratkartoffeln lebten, hatte ich in dem Moment ausgeblendet.

Und durch was unterschieden sich die Sonntage noch von den Werktagen? Kirchgang war angesagt. Natürlich gingen wir nicht alle gleichzeitig, das ging ja nicht. Das Vieh wollte ja versorgt sein und die Mahlzeiten vorbereitet. Es wurden immer zwei oder drei ausgesucht, die morgens mit dem Kutschwagen zur Kirche nach Mellrich zum Frühgottesdienst fuhren. Die anderen gingen in Bu. um 10.00 Uhr. Wie seit ewigen Zeiten üblich, sassen auf der rechten Seite die Männer, und auf der linken die Frauen. In der letzten Reihe rechts nahm der Vater Platz, immer zusammen mit denselben Leuten, u.a. dem Nachbarn Henke-Schönne und Adam Gössmann, dem (priemenden) Schmied. Die Kirche ist nicht so gross, folglich gab es nicht für alle Sitzplätze. Wir Jungens standen in der Regel im freien Raum neben dem Beichtstuhl. Ich lernte aber ganz schnell, unbedingt den Schmied im Auge bzw. im Ohr zu behalten. Wenn der 'hochzog' wussten wir, Achtung, aufpassen, der spuckt gleich. Deshalb habe ich mir später lieber einen Platz hinten, unter dem Turm gesucht. In der Fastenzeit marschierten wir älteren Kinder um 14.00 Uhr noch einmal zur Andacht in die Dorfkirche.

Die Kirchgänge nach Mellrich boten uns unterwegs eine gute Gelegenheit, an den alten Germaneneichen mitten im Wald vorbeizustromern. Die waren riesig und im Wald der Schlossherren gelegen. Echt uralt und wir bildeten uns ein, dass niemand ausser uns wusste, dass die eine hohl war. Was natürlich Quatsch war. Kinder jeder Generation sind im Wald herumgestromert und kannten sie. Die acht Personen, die nötig waren, um einen Stamm zu umfassen, passten auch in den hohlen Stamm hinein. Das war ein Spass mit viel Geschrei, wenn wir das wieder einmal ausprobierten. Ohne Schieben ging das nicht.

Natürlich hinterliess das Holz- und Schmierflecken auf der Kleidung. Bei uns war das nicht so schlimm, aber zwei der Nachbarsmädchen bekamen regelmässig Ärger, wenn sie ihre Sonntagsklamotten schmutzig machten. Also, richtig schmutzig hiess, dass es sich nicht ausbürsten liess und auch nach der nächsten Wäsche als Flecken oder Streifen blieb. Anders war es bei uns mit Rissen in der Kleidung. Die mussten geflickt werden, damit sie nicht weiter ausreissen konnten, und das bedeutete zusätzliche Arbeit. Am besten war, man machte gleich einen Deal mit Louise oder Ilse. Oder flickte selber. Nur so nebenbei bemerkt: ich kann heute noch gut flicken.

Jetzt im dritten Kriegsjahr wurde es langsam ärgerlich mit der Versorgung, denn Schuhe und Kleidung liessen sich nur noch auf Karte bekommen. Die Karten hatten wir zwar: aber kaufen konnte sich in Bu. keiner was dafür. Was dazu führte, dass unser Äusseres doch zunehmend, trotz Mutters Bemühungen, zu wünschen übrig liess. Ich kann mich entsinnen, dass ich mit Mutter mit der Zockelbahn bis nach Mettinghausen oder Warstein fuhr und nach Schnäppchen suchte.

Einmal hatte sie mit ihrer Hartnäckigkeit wirklich Erfolg: Sie bekam ein wunderschönes langes Stück Stoff im Tausch gegen ein Schinkenstück, aus dem ihr eine bekannte Schneiderin für die ältesten drei Mädels warme und - nebenbei bemerkt - äusserst schicke Wintermäntel arbeitete. Die drei machten darin echten Staat, das fiel sogar mir auf.

Aber Schuhe blieben schwierig. Die alten wurden geflickt und geflickt, so lange es ging. Daneben hielten wir es vermehrt mit den Holländern und trugen immer häufiger Holzschuhe. Das hatten wir zwar früher auch getan, aber jeder hatte immer ein gutes Paar Schuhe gehabt. Damit war jetzt Schluss. Hansjosef wuchs nicht mehr - da konnte ich nichts erben. Die jüngeren Mädels hatten da eher Glück, besonders weil es von den Zwillingen ja gleich zwei Paar Schuhe zu erben gab. Wenn es nicht gelang, Kleidung zu ersetzen, wurde sie geflickt bis, ähnlich wie bei den Socken und Strümpfen, mehr Flicken als Originalmaterial da war.

Im Winter gibt es weniger zu tun als im Sommer, und es wird schnell dunkel. Die Eltern nutzen die Jahreszeit, gingen früher ins Bett als sonst und gönnten sich so Erholung. Urlaub machen, oder eine Auszeit nehmen, dass kannte niemand im Dorf. Wir Kinder kannten aber auch keine Langeweile. Uns fiel immer etwas ein. Diesen Winter gab es viel Schnee. Da ging nichts über Schlittenfahren, den ganzen Tag bis zum Abend, so lange bis es zu dunkel wurde bzw. bis die, die am nächsten Tag nach Rüthen mussten, sich ins Bett gezogen fühlten.

Natürlich trugen wir beim Schlitteln unsere Holzschuhe. Ich musste zwar aufpassen, dass ich die nicht verlor und es geriet mir auch so manches Mal Schnee in die Socken, aber zum Bremsen waren sie bestens geeignet. Es liess sich auch mit ihnen auf Eis gut rutschen. Nachdem es lange Zeit gefroren hatte, haben wir sogar Schlittschuhe darunter geschraubt, das war aber nicht ganz so toll.

Ein paar Tage stürmte es derart, dass sogar wir Unermüdlichen keine Lust zum Schlittenfahren hatten. Stattdessen haben wir Karten gespielt. Bei so vielen Personen gab es immer genug, die mitspielen wollten. Auch Alfred kam dazu für zwei oder drei Stunden vorbei. Am liebsten spielten wir Jungs unter uns Skat oder Doppelkopf, mit den anderen zusammen auch Lügen und Mau-Mau. Meist sassen wir in der Stube, und der Vater schaute zu, während die Mutter dabei sass und stopfte. Manchmal gingen wir aber auch in die Leutestube, das heisst zu den Knechten in den Pferdestall. Dort ging es rauer zu, aber man konnte doch irgendwas neues aufschnappen, über Mädchen und so. Man musste nur aufpassen, dass man keine Kopfnuss verpasst kam. Wenn ich wieder mal nicht verstanden hatte, worum es ging, ging ich nach nebenan, die Pferde striegeln.

"Offizieller Besuch" - das waren Verwandte oft von Mutters Familienseite, die am Sonntag Mittag oder Nachmittag vorbeikamen, wenn das Wetter es zuliess, - war immer willkommen. Dann wurde erzählt, wie die Ernte ausgefallen war und welche Veränderungen man fürs nächste Jahr plante, wer heiratete, Kinder bekommen hatte, überhaupt wer mit wem. Bei solchen Gelegenheiten wurde auch schon mal die Gute Stube geheizt und ein Extrakuchen gebacken.

Und nach dem Essen blieben dann die Männer am Tisch hocken und sprachen detailliert über Kartoffeln, Getreide, neue Methoden und Maschinen, oder Kreispolitik. Dazu trank man einen Schnaps, den in der Regel der Besuch mitgebracht hatte. Bei uns gab es sonst keinen.

Anschliessend brach man zu einem Rundgang durch die Ställe auf. Ich ging dabei immer gerne mit. Denn es gab fachmännische Urteile, aber vor allem auch viele Ratschläge. Die Frauen dagegen räumten gemeinsam die Küche auf, danach zogen sie sich in die Gute Stube zurück. Jetzt wurden in erster Linie Rezepte ausgetauscht, Ratschläge für Ersatzprodukte und -methoden eingeholt. Am liebsten sprachen die Frauen aber über die Kinder. Im Sommer hatte niemand Zeit für solche Besuche. Kam niemand, verabredeten wir uns mit Freunden oder machten spontane Abstecher zu ihnen zu Hause. So machten es alle.

1943, Meine Erstkommunion

In Heimatkunde sprachen wir in diesem Schuljahr über typische Berufe und Nachnamen. Köhler gab es zum Beispiel im Arnsberger Wald sehr viele, darum trugen auch viele Familien diesen Namen. In Warstein schien jeder 10. so zu heissen. Lehrer Kuhn wusste sogar, woher die für diese Gegend typischen Namen Klöer, Löer, Flöer kommen. Er erklärte uns: "Bei der Entstehung der hochdeutschen Sprache und dem Aufbau der absoluten preussischen Verwaltung sind viele Plattdeutsche Wörter - ohne Schriftform - in eine Sprachform gebracht worden, ohne dass den Beamten der Wortursprung bekannt war. Ursprung war das Wort Lohe oder Lohgerber: In der Nähe des Möhneflusses gab es grosse Eichenwälder. Die Eichenrinde wurde zum Färben und Gerben verwendet. Vermutlich hat einer eurer Vorfahren so sein Einkommen gehabt. Deshalb gab und gibt es auch heute noch viele Namen wie Lohe, Löher, Kloer, Löhr, Schladöer in der Gegend, wobei das "e" ein westfälisches, nicht gesprochenes Dehnungs-E ist, wie in "Soest".

Er wusste auch noch eine andere gute Geschichte. "Früher wurden die Vorarbeiter bzw. Knechte auf den Höfen ‚Buurmeester' genannt, frei übersetzt ‚der beste Mann des Bauern'. Als wieder einmal preussische Beamte unterwegs waren, um die Untertanen zu katalogisieren, dachten sie wohl das wären Nachnamen und trugen diese Leute als Familie ‚Baumeister' ein und verfälschten so die Akten. Die echten Namen blieben Rufnamen oder verschwanden ganz.

Als Hausaufgabe sollten wir uns noch mehr Berufe mit Namensbezügen überlegen. Das war etwas für mich. So gerne habe ich selten meine Aufgaben gemacht. Ausserdem konnte ich mich damit noch eine Zeitlang das

Lernen für den Kommunionsunterricht herausschieben.
Dieses Jahr würde ich nämlich zum ersten Mal zur
Kommunion gehen. Die Vorbereitung war sehr aufwändig,
es galt auch viel auswendig zu lernen. Aber ich freute mich
drauf

Überhaupt spielte der Glaube in unserem Leben eine
wichtige Rolle und hat auch unseren Lebensrhythmus stark
geprägt. Zu Hause hingen in allen Schlafzimmern und in
der Stube Kreuze, mal gross mal klein, und darunter ein
kleines Weihwasserbecken. Darin wurden meist morgens
und abends zwei Finger getunkt und das Kreuzzeichen
gemacht. Vor den warmen Mahlzeiten sprach die Mutter
jeweils ein Gebet. Manchmal, ganz spontan, bat sie auch
einen von uns Kindern darum. Dann falteten wir die Hände,
hörten gut zu und sagten gemeinsam 'Amen'. In den
meisten Familien im Dorf war das genauso.

Bu. hatte keinen eigenen Pfarrer, es gehörte zum Kirchspiel
Mellrich. Jeden Sonntag wurde der Pfarrer in Mellrich reih
um abwechselnd von den Familien im Dorf Sonntag
morgens um 9.00 Uhr mit der Kutsche abgeholt. Dann war
um 10.00 Uhr der Gottesdienst. Anschliessend wurde der
Pfarrer von der gleichen Familie zum Mittagessen
eingeladen. Nachmittags gab es dann noch eine Andacht.
Zwischendurch ging er, um alte Leutchen zu Hause zu
besuchen und ihnen die Beichte abzunehmen. Am späten
Nachmittag brachte ihn seine Gastfamilie dann wieder
zurück nach Mellrich.

Durch diesen Rhythmus war unser Pfarrer mit der
Landwirtschaft vertraut. Während des Essen versuchte er
dann auch nicht, uns irgendwie auf eine besondere
kirchlichen Schiene zu bringen, sondern sprach vielmehr
mit dem Vater über die Ernte. Oder er erzählte uns von
seinem Studium in Paderborn. Wie er zuerst einmal Latein
lernen musste, um überhaupt zum Studium zugelassen zu

werden. Wenn ich ihm beim Essen zuschaute, dachte ich oft, so ein Pfarrer hat es doch gut. Dann fiel mir aber ein, dass er essen musste was auf den Tisch kam und das dass vielleicht nicht immer so gut war wie bei uns.

Wer morgens zur Messe in Mellrich wollte, fuhr mit dem Kutschwagen. Hansjosef und ich zusammen auch mal mit dem Fahrrad. Besonders an hohen Festen fuhren mehrere von uns rüber. Wie alle Bauern hatten wir Bekannte in Mellrich, auf deren Hof wir unsere Pferde und den Kutschwagen während dieser Zeit stehen lassen konnten. Wenn so von allen Seiten Kutschwagen wieder nach Hause rollten, kam es auch schon mal zu kleineren Wettrennen. Nicht der Vater, sondern unser Schimmel, wollte oft der Erste sein und liess sich nur schwer zügeln. Obwohl, vielleicht tat der Vater auch nur so und wollte Spass machen. Das gab ein Geschrei!

Hansjosef und die drei älteren Mädels gingen einmal pro Woche zu Fuss den Weg nach Mellrich zum Beichten. Dieses Jahr ging ich jetzt auch oft rüber, wegen des Unterrichts zur Vorbereitung auf die Erstkommunion. Wir waren ja nun alle stolze Besitzer eines Fahrrads. Das muss man lesen, wie es da steht: Wir alle zusammen hatten ein einziges Fahrrad und das hiess, wir haben uns immer gut abgesprochen, wer es wann haben darf. Die Kleinen konnten noch nicht fahren, aber wir Grossen mussten es uns teilen. Kommunionunterricht war zum Beispiel ein Grund, das Fahrrad ganz allein für mich zu beanspruchen. Ansonsten passte man ohne weiteres auch zu zweit darauf. Zu zweit war auch lustiger, wenn wir schieben mussten, weil wir wieder einmal einen Platten hatten. Hansjosef und ich beherrschten das Schlauchflicken aus dem Effeff.

Während der Monate des Kommunionunterrichts waren wir Kommunionkinder sehr viel unterwegs: Zur Schule, dann zum Essen nach Hause, von da nach Mellrich und wieder zurück. Da das Wetter keine unerhebliche Rolle spielte, was die Frequenz der Besuche des Kommunionunterrichts anging, hatte die Kirche dieses Jahr den Kommuniontag - der normalerweise ja am Sonntag nach Ostern ist - auf den Dreifaltigkeitssonntag nach Pfingsten verlegt. Mir war das nur recht.

In dieser Zeit, also unter den Nazis, durfte offiziell in der Schule kein Religionsunterricht erteilt werden. Wir erhielten ihn trotzdem: erst im Schulgebäude und später, als auch das verboten worden war, in der Kirche im Dorf. Dazu kam der Vikar jeweils aus Mellrich. Er musste zu Fuss kommen oder sich eine Mitfahrgelegenheit suchen, denn Radfahren war ihm damals verboten. Ich habe allerdings nicht verstanden warum. Wir anderen durften doch auch. Dachte ich damals noch. Das war, bevor wir diesen Polizisten aus Anröchte trafen.

Der Kommuniontag selber war dann zwar feierlich, aber nicht sonderlich spannend. Mutter hatte mir eine Kerze besorgt und meine Kleidung besonders gut ausgebürstet. Auch die Haare waren frisch geschnitten. Gestern war extra deswegen Badetag angesetzt worden. Geld für einen Anzug oder sogar nur eine lange Hose war eh nicht da. Ich hätte auch nicht gewusst, was ich damit hätte anfangen sollen.

Aber vorher gab es noch etwas viel Interessanteres. Ostern war jedes Jahr ein wichtiges kirchliches Ereignis und für uns der höchste Feiertag. Die Vorbereitungen begannen schon am Palmsonntag, eine Woche vorher. Es galt für die 10 - 12jährigen Jungens, aus heimischen Mitteln Palmenbündel herzustellen. Im Frühjahr 1943 war ich das erste Mal auch dabei, um zu sehen, wie es geht. Ab nächstem Jahr würde nur noch ich, nicht mehr Hansjosef dabei sein. Albert nahm mich mit und zeigte mir, wie es geht. Wir haben die Palmen aus Weidenruten und

Haselstöcken nachgebildet. Dazu gingen wir, bewaffnet mit einer Axt, in die Hohl- oder Bauernwege und schlugen jede Menge einfache, fingerdicke Weiden. Möglichst lang sollten sie sein, mindestens 1,20 m. Die haben wir zu dicken Bündeln gebunden und nach Hause geschleppt, so viel wie jeder tragen konnte. Danach zogen wir noch einmal los und schlugen Haselstöcke. Diese wiederum mussten mindestens 2 cm dick sein, 2 m lang und ohne Seitenäste.

Von letzteren wurden Schienen abgespalten, mit denen die Weiden jeweils im Abstand von 20 cm zusammen-gebunden wurden. Oben an die Spitze einer Schiene kam noch ein Zweig Buchsbaum.

Diese nachgestellten Palmwedel nahmen wir am Palmsonntag mit in die Kirche und liessen sie segnen. Wieder zu Hause, schnitten wir die Palmbunde auseinander und verteilten die von jeweils einer Schiene gehaltenen Teile als "Palmbündel" in der Nachbarschaft, wofür wir jedes Mal einen kleinen, nicht-monetären Obolus erhielten. Weiter ging die Geschichte dann am nächsten Wochenende, dem Osterwochenende.

Am Ostersonntag wurden die grossen Kübel mit Weihwasser, die in der Kirche in Mellrich standen, geweiht. Jede Familie füllte von diesem Weihwasser etwas in die mitgebrachten Gefässe, um es zu Hause später in die Weihwasser-Fingerbecken zu giessen. In jedem Schlafzimmer bei uns hing so ein Fingerbecken. Weil auch geweihtes Wasser verdunstet, mussten die kleinen Gefässe regelmässig nachgefüllt werden. Damals wussten wir natürlich noch nicht, wie hochgradig bakteriell verseucht Weihwasser ist. Aber das hat vermutlich auch zu unserer gesundheitlichen Abhärtung beigetragen.

Ostersamstag um 5.00 Uhr entzündete der Küster das Osterfeuer, das "Porskefeuer". Das hatte nichts mit den späteren Freudenfeuern zu tun, sondern die Asche diente vielmehr im Laufe des Jahres für Krankensalbungen und letzte Ölungen. Deswegen brach ich am gleichen Tag früh, gegen 5 Uhr auf, und fuhr mit Onkel Fritz nach Mellrich. Dabei hatten wir lange Holzstiele, die schön blank gemacht waren. Diese hielten wir in das gerade noch kohlende Osterfeuer und liessen das eine Ende ankokeln. Damit galten diese sogenannten ‚Porskebrands' als geweiht. Anschliessend säuberten wir uns, assen unsere mitgebrachten Brote und warteten auf die Ostermesse, die um 10.00 Uhr begann.

Am Osternachmittag ‚krönten' wir zusammen mit dem Vater dann unsere Felder. Die ‚Porskebrands' schnitten wir in fingerdicke Stücke, die Palmenbündel hatten wir auch dabei. Dann steckten wir in alle vier Ecken eines Feldes ein Kreuz aus zwei Palmenzweigen und einem senkrechten Stück ‚Porskebrand' und sprachen ein Gebet dazu. Damit haben wir Gottes Segen für eine gute Ernte herabgerufen.

Lustigerweise waren wir bei dieser Aktion nicht alleine. Die Mutter und die jüngeren, die noch nicht weit laufen konnten, waren zu Hause, aber wir wurden auch ‚vom Osterhasen' begleitet. Denn hin und wieder fanden wir ein Osterei, auf der Erde liegend. Vater hatte eine diebische Freude daran, zwischendurch ein Ei aus seiner Hosentasche fallen zu lassen. Wer das einmal erkannt hatte, blieb natürlich hinter ihm auf dem Gang durch die Felder. Ich weiss noch, im ersten Jahr als ich dabei war, lief ich vor lauter Eifer voran und merkte bis zum Schluss nicht, dass die hinten Schokoladeneier gefunden hatten.

Mitte Mai passierte etwas ganz Schreckliches: Bomber zerstörten die Mauer der Möhne-Talsperre. Wir hatten die Flieger gehört, und Vater hatte sehr schnell die Schlussfolgerung gezogen, was wohl deren Ziel sei. Am nächsten Tag brachte es dann der Rundfunk. Auch andere

Staudämme waren angegriffen worden, aber die kannten wir nicht, die waren weit weg, die interessierten uns nicht sehr. Erst durch die Erzählungen der Leute im Dorf in den nächsten Tagen erfuhren wir vom Ausmass der Katastrophe an der Möhne in Günne. Auch in der Schule sprachen wir darüber. Ziel der Angreifer war es wohl gewesen, die Energiewirtschaft durch Wassermangel lahm zu legen. Sich so ein Unglück vorzustellen, war unmöglich.

Darum tat Herr Kuhn etwas ganz Erstaunliches: Unser Schulausflug in diesem Sommer führte zum Möhnesee (natürlich nur die Älteren, die anderen hatten frei). Mit der Bahn, zumindest so weit, wie sie fuhr. Die restlichen Kilometer liefen wir zu Fuss. Diese Geröllmassen überall, schlimm. Dabei war das Unglück schon vor zwei Monaten passiert und es wurde kräftigst aufgeräumt. Ein guter Bekannter von Herrn Kuhn von der Verwaltung des Stausees führte uns herum und erzählte eine Menge, aber ich war nur vom Anblick selber ganz fasziniert. An diesem Abend hatten wir zu Hause viel zu berichten. Im Nachhinein finde ich es immer noch schwer vorstellbar, dass die Mauer im Oktober schon wieder stand. Später habe ich dann gelesen, dass diese Tat nur durch dem Einsatz von Tausenden von Fremdarbeitern, hauptsächlich Niederländern und Franzosen, möglich war. Dem Stammhof in Völlinghausen ist jedenfalls nicht passiert, die Wassermassen waren in die andere Himmelsrichtung gegangen.

Auf unserem Hof gab es jetzt immer mehr Arbeit zu bewältigen, aber Vater und Mutter wussten wie immer zu jonglieren. Zunehmend kamen dann auch zu uns Hilfsmittel, die die händische Arbeit erleichterten. Zum Beispiel die Pflanzmaschine, die Löcher für die Kartoffel schuf.

Aber Handarbeit konnte auch lustig sein: Wenn die kleinen Büschel der Rübenernte aus der Erde kamen, mussten sie gelüftet (verhackt) werden. Dann kam das Verziehen, und das artete oft in einen Wettbewerb auf Knien aus: Verziehen hiess, im Abstand von 30 cm alle bis auf die kräftigsten Pflänzchen entfernen. Dazu banden wir uns richtig dick Sackleinen um die Knie, krabbelten auf Knien die langen Reihen entlang, jeder seine, und verzogen dann oft um die Wette, wer der schnellste war. So sahen Ferien der Bauernkinder überall aus.

Im Sommer konnte auch der Vater mal von uns profitieren: wenn alle da waren, konnte er es sich ausnahmsweise einmal leisten, am Feldrand zu sitzen und eine echte Pause zu machen, während ich z. B. einen halben Tag die Pferde über die Äcker lenkte, aufmerksam von ihm beobachtet. Falls ich beim Wenden ein Problem hatte, liess er es mich erst selber versuchen. Erst wenn ich für seine Begriffe zu lange brauchte, kam er und half mir.

Eine typische Arbeit, bei der auch Kinder aus Grossfamilien aus Warstein, Belecke oder Allagen hinzugezogen wurden, war die Kartoffelernte im Oktober. Eine Maschine, die ‚Roder', grub die Kartoffeln aus, wir Kinder sammelten sie dann in Körben ein und kippten sie auf den Wagen. Das musste schnell gehen: Jeder hatte ein Stück der Reihe, das blank sein musste, bevor der ‚Roder' die nächste Reihe ausgrub. Eigentlich harte Arbeit, die die Kinder besonders in diesem Jahr aber gerne machten, weil es dafür eine Entlohnung gab in Form von Kartoffeln.

Auch bei der Rübenernte bzw. beim Rübeneinsammeln halfen uns andere Kinder: Rüben rausziehen - was ziemlich schwer ist -, in eine Reihe legen, dann das Grüne mit Schaufel oder Axt abschneiden. Das Aufladen von Hand auf den Kippkarren bedeutete "auf den Wagen werfen", das machte wiederum Spass. Das Abkippen auf dem Hof in die Miete dasselbe.

Ich glaube, manchen Familien ging es zu dieser Zeit schon nicht mehr besonders gut. Die Kinder, die kamen, waren alle ziemlich dünn und auch ganz schön schlapp. Mutter konnte gar nicht genug zu essen auftischen. Manchen wurde nach dem Essen schlecht!

Vater reagierte erstaunlich grosszügig und trug uns auf, schon einmal anzufangen. "Die anderen kommen später nach. Lasst sie mal eine halbe Stunde in Ruhe. Wisst ihr, nicht alle haben so viel zu essen wie wir. Die haben das Essen nicht vertragen, weil es zu fett und zu reichlich ist."

Als wir später während des Nachmittagskaffees am Feldrand sassen, fragten wir die anderen. Die Grösseren sagten: "Alles Quatsch, euer Essen war nicht in Ordnung." Ein paar nickten aber auch, und erzählten, wie knapp es bei ihnen zu Hause war. Das waren vor allem die, die keinen eigenen Garten hatten. Alle anderen hatten ja jeden Meter in einen Gemüsegarten verwandelt. "Aber bei Euch wird das Zeugs irgendwie grösser" meinte einer. Ja logisch, wir haben ja auch reichlich Dünger. Und ein anderer meinte: "Ich bin ja nur gekommen, weil es bei Euch zum Essen Wurst gibt. Das gab's bei uns schon länger nicht mehr. Ich soll auch der Oma ein Stück mitbringen." Das gab zuerst eine ganz komische Stimmung und auch einigen Streit. Aber bis zum Ende des Tages legte sich das wieder. Trotzdem hatten wir die nächsten Abende viel Gesprächsstoff.

Für Hansjosef blieb weiterhin der Trecker reserviert. Alles, was damit möglich war, übernahm er. Ich entsinne mich sogar, dass er einen Tag die 20 km nach Soest in die Werkstatt gefahren ist und zurück. Er kann da maximal 15 gewesen sein und hatte definitiv noch keinen Führerschein. Aber wir kannten ja alle Nebenstrassen, und Führerscheinkontrollen gab es nicht.

Ich war viel mit den Pferden unterwegs. Das war auch die Zeit, wo ich Samstags ein Pferd anspannte und nach Mellrich lostrabte, um die Brote für die Woche zu holen. Bzw. auch um Korn zur Mühle zu bringen und Mehl- und Schrotsäcke wieder abzuholen. Der Müller war zwar eingezogen, aber sein Vater und seine Frau betrieben die Mühle weiter.

Einmal musste in diesem Sommer die Feuerwehr ausrücken, na ja, der dörfliche Feuerwehr-Handwagen kam zum Einsatz. Hinten im "Hölzchen" brannte ein ganzer Hof ab, nachdem die Kinder der Familie in der Scheune gezündelt hatten. Als endlich der Handwagen dort war, konnte nicht mehr viel ausgerichtet werden. Alles brannte bereits lichterloh, sowohl Scheune, als auch Haus und Remise. Schaurig schön anzusehen. Und der Krach, den das Feuer machte! Den hörten wir schon von weitem, als wir hinliefen, uns das anzusehen. Der Hof qualmte noch ein paar Tage lang. Der Stall mit dem Vieh war stehen geblieben, aber das Futter mit verbrannt. Dann regnete es ein paar Tage, danach war das Feuer ganz sicher aus. Aber eine Sauerei war das, russig und matschig, überall auf dem Hof. Ich weiss nicht, wo die Familie anschliessend wohnte, aber ich erinnere mich, dass der Vater ein paar Stück Vieh übernahm.

Weihnachten 1943

Weihnachten war immer schön. Es erforderte von den Eltern aber auch viel Elan. Trotz des wenigen Geldes gelang es ihnen immer, für alle Geschenke zu haben. Es gab jedes Jahr in der Guten Stube einen schönen Tannenbaum, natürlich eigenhändig gefällt, und mit Kugeln, Kerzen und Lametta behangen.

Einen Gabentisch für mehrere Kinder und die anderen Hausbewohner vorzubereiten benötigt viel Zeit. Deshalb kam das Christkind bei uns immer nachts. Als ich noch klein war und noch an das Christkind glaubte, konnte ich in der Nacht davor nicht richtig schlafen. Den anderen ging es ähnlich. Da sassen wir dann ab 4 Uhr oder 5 Uhr bereits auf der Treppe und warteten voller Ungeduld. Wenn der Vater dann kam, der zufälligerweise (!) - an diesem Tag gerade früh wach wurde, hatte der auch zufälligerweise noch Streichhölzer dabei. Damit ging er ganz vorsichtig hin und leuchtete dann durchs Schlüsselloch und wir konnten sehen, dass sich über Nacht etwas getan hatte. Aber mittlerweile war ich 10 Jahre alt und wusste natürlich, wer in Wirklichkeit hinter dem Christkind steckte. Für die Kleinen war Weihnachten immer noch und genauso schön wie früher für uns. Der Ablauf war auch dieses Jahr der gleiche.

Vater weckte uns, die "Grossen", und dann war Weihnachten. Noch vor dem Frühstück. Gesungen wurde wie immer nicht: alle „Funken" und alle Haselhorsts haben bekanntermassen nur ein sehr kleines Musikgen. Um 10.00 Uhr war dann gemeinsamer Kirchgang in Bu.. An diesem Feiertag gingen wir alle zusammen. Auch wenn es hiess, dass das Essen später fertig sein würde.

Am Freitag vor Weihnachten musste Brot geholt werden, wie immer. Diese Woche war ich dran. Ausnahmsweise sollte es auch einen Laib Weissbrot geben. Ich hatte von der Mutter den Auftrag, diesen besonders gut zu verpacken. Es hatte nämlich geschneit. Und schneite weiterhin. Der Schnee blieb liegen. Da, wo die Strecke sowie schon matschig war, kam das Pferd leicht ins Rutschen. Es trug noch nicht die Winterhufe. Da musste ich gut Acht geben. Im Wald war es nicht so schlimm, da ging wenigstens kein Wind mehr. Aber bis ich bei der Backstube ankam, war ich doch ganz schön nass. Die Frau des Bäckers - er war ja auch eingezogen - half mir, die Brote trocken in die Kiste zu bekommen und mit Decken abzudecken.

Dieses Jahr hatte sie keine Süssigkeit für uns. Sie trug mir auf, Mutter auszurichten, dass das Mehl wieder fast alle wäre. Dafür, dass sie in dieser Zeit überhaupt noch unsere Brote backte, fand so manche Wurst den Weg zu ihr. Auch diesmal hatte ich, nicht nur weil Weihnachten war, eine Mettwurst dabei.

Als ich zurückkam, herrschte gerade eine kleine Aufregung. Mutter war im Keller gewesen und hatte die Vorräte kontrolliert. Anscheinend hatte sich eine Rattenfamilie über die Karotten hergemacht. Da musste jetzt erst mal gerettet werden was gerettet werden konnte. Wir waren ja bereit, ein paar kleine Mäuse zu tolerieren. Aber Ratten mussten weg. Sofort.

Zuerst durften die Hunde nach unten und eine kleine Jagd veranstalten. Sie brachten auch stolz zwei Viecher zur Strecke. Danach wurden die noch verwertbaren Karotten aussortiert, der angeknabberte Rest kam mit nach oben und wurde als Einlage für die nächste dicke Suppe verarbeitet. Danach kamen alle Mäusefallen, die wir im Haus hatten, nach unten, schön mit Speck ausgerüstet. Ein paar Tage dauerte es dann schon noch, bis wir tatsächlich alle Ratten erwischt hatten. Wie waren die bloss in den Keller gekommen? Der bestand doch aus Fels. Hansjosef suchte deswegen dann die Deckendielen ab, bis er am Holz direkt am Zugang einen kleinen Spalt fand. Dieser wurde schnell zugegipst. Zur Zeit, wo alles so knapp war, mussten wir besonders aufpassen, dass unsere Vorräte nicht verdarben. Es dauerte noch zwei Tage, dann landete die letzte der Ratten in der Falle mit dem Speck.

Durch die Felswände hatte der Keller eine ideale Temperatur um Lebensmittel zu lagern. Der Keller war eher klein, nur wenig grösser als Stube und Gute Stube, die genau über ihm waren. Im ersten Raum war das Kartoffellager, im zweiten die eigentliche Vorratskammer mit dem Pökelfass, den Sauerkrautfässern und den Einmachgläsern mit Fleisch und Obst. Dunkel war's hier, ganz ohne Fenster, und proppenvoll

Der Keller hätte ruhig doppelt so gross sein können, aber er stammte, bis auf die Treppe, noch aus der Bauzeit des Hauses. Damals gab es unter Deele und Küche natürlich keine Keller. Seinerzeit war es noch üblich, die Pferde samt Wagen in die Deele zu fahren, abzuladen und dann Haus und Stall wieder durch die Küche zu verlassen. Eben ein typisches westfälisches Bauernhaus, so wie Herr Kuhn uns das erklärt hatte. Ich habe übrigens nie herausgefunden, wann unser Haus zum reinen Wohnhaus wurde und Deeleneingang und Küche verkleinert wurden. Vater wusste es auch nicht.

Neujahr Januar 1944

Obwohl Krieg war, hielten wir an unserem Brauchtum fest.
In der Neujahrsnacht fanden sich normalerweise Gruppen
von Jungs und Männern (keine Mädchen) zusammen, die
von Haus zu Haus gingen und musikalisch ein gutes Neues
Jahr wünschten. Einfach so, aus Jux an der Freud. Dieses
Jahr waren nur wenige Männer aus dem Dorf daheim, da
zogen dann ganz selbstverständlich Frauen mit. Irgendwie
war der Anlass dadurch aber anders. Ausserdem war vielen
das Lachen vergangen, es waren schon zu viele Männer
eingezogen. Häuser, wo wir wussten, dass es Gefallene
gegeben hatte, liessen wir natürlich aus.

Herren und Damen, Herren und Damen, Herren und
Damen in diesem Haus
Wir wünschen euch, euch wünschen wir ein glückseliges
neues Jahr!
Söhn und Töchter, Söhn und Töchter, Söhn und Töchter in
diesem Haus
Wir wünschen euch, euch wünschen wir ein glückseliges
neues Jahr!
Knecht und Mägde, Knecht und Mägde, Knecht und Mägde
in diesem Haus
Wir wünschen euch, euch wünschen wir ein glückseliges
neues Jahr!

Dem Herren insgemein wünschen wir ein gut Glas Wein
Der lieben Frau auf selbigem Thron, der wünschen wir
einen kleinen Sohn
Hessa viktoria! Ein glückseliges neues Jahr, ein
glückseliges neues Jahr,

Und so ging es weiter, je nach Bewohner...z. B

Das jüngste Töchterlein, dass ist so hübsch und fein,

*bring Apfel, Nuss und Zuckerback, das gibt uns einen
süssen Geschmack.
Hessa viktoria! Ein glückseliges neues Jahr, ein
glückseliges neues Jahr.*

Der Schluss war immer:

*Das alte Jahr vergangen, das neue angefangen.
Glück auf! Glück auf! Glück auf! zum neuen, neuen Jahr
Steht auf und schaut zum Fenster hinaus und schmeisst
uns eine Mettwurst heraus.
Hessa viktoria! Ein glückseliges neues Jahr, ein
glückseliges neues Jahr.*

Dadurch, dass wir alle Leute im Dorf kannten, kamen viele
unterschiedliche und wirklich kreative Strophen zusammen.
Wir haben aber auch niemanden daran gehindert, das mit
der Mettwurst wörtlich zu nehmen. Trotzdem fehlte
irgendwie der Pfeffer dabei, und Albert und ich machten
ziemlich schnell Schluss. Ich glaube, zum Schluss war es
eine reine Weiberangelegenheit. Heute gibt es diese
Rundgänge und Dichtungen nicht mehr. Schade eigentlich,
da steckte doch echte Kreativität hinter, vielleicht sogar
auch ein bisschen Bosheit.

Gekleidet waren wir im Dorf mehr oder minder ähnlich. Wir
Jungs liefen Winters wie Sommers in kurzen Hosen rum. Im
Sommer barfuss mit Holzschuhen, im Winter mit langen
Wollstrümpfen, die mit einer Art Strapsehalter an der Hose
befestigt waren. Übriges nur bis zu einem gewissen Alter:
dann erschien uns das auf einmal unmännlich und wir
gingen dazu über, die Strümpfe mit Gummibändern zu
befestigen.

Ich habe schon erzählt, dass die Mutter eine sehr genaue
war. Bei offiziellen Anlässen und Kirchgängen waren wir
immer ordentlich gekleidet. Für die Schule galt das nicht, da

konnten wir unsere Alltagsklamotten auftragen. Alle sahen dabei gleich aus. Ja, gleich bis auf den Haarschnitt. Da unterschieden Hansjosef und ich uns von den anderen. Wir hatten einen ‚normalen' Haarschnitt, wohingegen die anderen mit dem sogenannten "Tuss" herumliefen. "Tuss" hiess der damals übliche Kahlschlag: die Haare hinten und an den Seiten kurz geschoren, nur vorne durfte es ein bisschen länger sein.

Die Mutter achtete sehr darauf, dass unsere Vornamen nicht abgekürzt oder verballhornt wurden und dass uns jedermann Hansjosef oder Heinzfriedel rief. Auf dem Hof klappte das. In der Schule aber hatten die anderen Kinder in der Schule ganz andere Bezeichnungen für uns. Sie bzw. ihre Eltern riefen uns "Funke", also zum Beispiel Funken Louise oder Funken Hansjosef. Bei mir hiess es jahrelang "Funken Witte, komm mal her". Das war wohl, weil ich zu dieser Zeit ganz hellblonde, fast weisse, krause Haare hatte. Der Name hielt sich lange, erst mit dem Wechsel zur Schule nach Rüthen änderte sich das langsam.

Diesen Sommer verloren wir unser Fahrrad. Na ja, es war nicht richtig "weg", aber wir konnten es nicht mehr benutzen. Als Hansjosef mit einigen anderen zum Fussballspiel nach Anröchte fuhr, wurden sie am Ortseingang dort vom Dorfpolizisten angehalten. Der brüllte die drei aus Bu. an, ob sie nicht wüssten, dass Fahrräder zum Rollmaterial gehörten und damit privat nicht mehr genutzt werden dürften. Das war das neueste, aber anscheinend noch nicht überall bekannt. Ich glaube heute noch, der Polyp hat was falsch verstanden. Aber mit dem liess sich nicht diskutieren. Er notierte sich die Namen der drei, zog ihnen anschliessend die Ventile aus den Schläuchen und liess sie dann stehen. Letzteres hat er bestimmt nur gemacht, weil er sich veräppelt gefühlt hatte: Der eine der beiden Fussballfreunde von Hansjosef hiess mit Nachnamen "Wiesnich", das heiss er antwortete auch so auf die Frage nach seinem Namen. Es dauerte schon ein paar Minuten und ein paar Brüller vom Polypen, bis dieser endlich kapierte, dass er nicht veräppelt wurde.

Egal ob das mit dem Rollmaterial nun stimmte oder nicht, wir hatten keine Ventile mehr und Ersatz gab es nirgends mehr. Blieb das Rad halt in der Remise, vielleicht würde doch noch einer vorbei kommen, um damit in den Krieg zu fahren, dachten wir. Aber das Rad fehlte uns schon. Damals tat man halt noch, was die Obrigkeit verlangte.

Dafür gab es diesen Winter viel Schnee. Selbstgebaute Holzschlitten hatten wir noch, die gehörten garantiert nicht zum Rollmaterial. Wir trafen uns mit Grasnkempers und einigen anderen Dorfkindern abends so oft wie möglich zum Schlittenfahren. Dazu, und weil es schweinekalt war, zogen wir Jungs fast alle die Arbeitshosen vom Vater oder grossen Bruder an. Das waren Reithosen, zu denen man noch Gamaschen trug und hohe Schuhe. Wir mussten also zu Vaters Hosen auch Gamaschen tragen. Das muss sehr witzig ausgesehen haben: meistens waren die uns zu lang und standen übers Knie raus, so dass wir quasi die Knie nicht bewegen konnten.

Wer keine hohen Schuhe hatte, kam in den bewährten Holzschuhen. So bekleidet, konnten wir prima im Schnee rumbolzen. Gegen Ende des Krieges kamen Trainings-anzüge auf, die waren bei uns unheimlich begehrt. So einen hätten wir gerne gehabt. Aber nur wenige hatten sie: sie kosteten einfach die Welt. Vermutlich wären sie auch schnell verschlissen, denn es gab so manche Stürze, wegen der Dunkelheit. Wir fuhren ja noch im Mondlicht und dem Licht, das vom Schnee wider-gespiegelt wurde, weiter. Alle anderen Lichter waren ja verdunkelt.

Überhaut bekamen Jungs in unserem Alter und unserer Umgebung die ersten langen Hosen eigentlich erst durch

die HJ-Uniformen. Für die HJ gab es im Winter Dienst-
hosen aus einem dunklen Stoff, die unten zusammen-
gebunden wurden. Das war etwas ganz besonderes. Es
gab sie auch nur auf Bezugsschein, und nicht bei uns im
Dorf. Aber das störte uns nicht. Wir gehörten zwar auch alle
zur HJ, aber richtige HJ-Einsätze gab es bei uns im Dorf
nicht. Nur einmal so etwas ähnliches, und dann ähnelte die
Sache eher einer Sport- als einer Parteiveranstaltung. Wäre
Lehrer Kuhn dabei gewesen, hätten wir bestimmt mehr
Spass gehabt. Aber der war auf einem Kursus, wo er lernte
(lernen sollte), "deutsch" zu denken, um diese Denkart an
seine Schüler weiterzugeben.

Für Mädchen waren Hosen total tabu. Da dachte man nicht
einmal drüber nach. Auch später, als ich die Flüchtenden
aus dem Osten sah, im tiefsten Winter, war keine der
Frauen auf die Idee gekommen, Hosen zu tragen. Nur der
Wärme wegen, das Äussere war zu dieser Zeit doch sowie
total egal. Als Folge dessen kamen die Mädels selten mit
zum Schlittenfahren und waren oft blasenkrank.

Der 6. Januar, die Heiligen Drei Könige, war für uns
eigentlich noch ein höherer Feiertag als Weihnachten. An
diesem Nachmittag zog ich wie alle anderen Kinder auch in
einer Dreiergruppe durch das Dorf, als Kasper, Melchior
und Balthasar verkleidet. Teilweise mit Betttüchern,
Handtüchern oder ähnlichem behangen und einer alten
Büchse in der Hand. Das wichtigste waren natürlich die
Masken mit der selbstgemachten Krone oben drauf, die
Augen, Nase und Mund freiliessen. Zwei weisse und eine
schwarze: wir wollten ja schliesslich nicht erkannt werden.
Wir mussten nachmittags gehen, denn abends ging nicht,
wegen der Verdunklung. Aber wir gingen, wie es sich
gehörte, streng getrennt nach Ober-, Mittel- und Unterdorf.
Ich ging meist mit Könneken Franz oder Schulten Heinz.
Aber der konnte wegen des Asthmas nicht so gut

schmettern. Besser war es mit den Fauken Zwillingen von der Post, auch wenn die 2 - 3 Jahre älter waren als ich.

Was wir sammelten, gehörte uns und wurde durch drei geteilt. Bei uns im Dorf wurden die Verse aufgesagt (nicht gesungen, wie anderswo). Mit dem damaligen grossen Selbstbewusstsein schmetterten wir an jedem der ca. 20 Haushalte und Höfe so frech und lauthals wie wir konnten unseren Spruch:

1 - 3   *Vui hilligen Drei Küenige met oinem Stärn*
         vui got op de Stöcker un saiket diem Härn;
         lot schniggen, lot schnacken, dat dait ues nix
         vui drei, vui haalt ues wacker un fix.
         Nin weffe eock uersen Namen säeggen
         dao söet jui örentlick Respekt füer hawwen.

1   *Iek Käsperken sin koin Pläcksken witt,*
         diern jungen Luien gefall" ieck nit,
         doerk wann jui mi wät bui Daag bekuiken,
         dann sin ieck säo witt ä uggesgluiken.
2   *Iek Melchior, iek sin säo fuin, säo fuin*
         säo fuin a die Küenige un Graofen suin,
         sein fuin gewaseken un fuin gekämmt,
         un äok met "nem güllenen Rocke bestellt.
3   *Iek Balthasar, iek duessele säo ächter diern annern*
         well äok nao dierm hilligen Lanne näo wannern,
         dat hillige Land, dat ies näo wuit,
         dat giet näo "ne mannigen Awetuit.

1-3   *Dat Geld kam"me nit vam Tiune affbreäken*
         dao mot"me äherliche Luie anspreäken.

Dann hat derjenige von uns, der den Kaspar machte, hoffnungsvoll mit der Dose gerappelt, weil wir so gerne Geld gehabt hätten. Aber meistens (zumindest in diesem Jahr) gab es Äpfel und Wurststücke, manchmal auch Schinkenscheiben.

Offiziell mussten wir noch den Dank aufsagen, aber dabei waren wir meist schon unterwegs zum nächsten Haus.

Vui danket vam Hiärten un dregget diern Stärn,
et siärgne ugg alle dai laiwe Härn!

Riefen wir dann noch schnell über die Schulter zurück. Eigentlich sprachen wir Hochdeutsch mit mehr oder minder westfälischem Einschlag. Abgesehen davon hätten die Mägde und Knechte aus dem Kohlenpott oder dem Ausland, besonders die Vertriebenen oder Kriegsgefangenen, sonst nichts verstanden. Plattdeutsch verstanden wir aber durchaus, weil fast alle älteren Leute im Dorf das verwendeten. Ältere Leute oder auch Handwerker sprachen Platt und wir antworteten auf Hochdeutsch. Aber manche Dinge, so wie dieses Lied, sind im Dialekt viel klangreicher.

März 1944, Hansjosefs Einberufung

Während des Krieges wurde naturgemäss wenig geheiratet. Ansonsten war eine Hochzeit ein Riesenfest. Bu. hatte zwar wenig Einwohner, aber wenn ein Polterabend war, dann feierte das ganze Dorf mit. Trauungen fanden sogar in der Kirche in Bu. statt, gefeiert wurde anschliessend im privaten Haus.

Beerdigungen dagegen kamen regelmässiger vor. Zwar hatten wir die neue Kirche im Dorf, aber auch weiterhin keinen Friedhof. Das bedeutete, dass die Totenmessen und das Begräbnis in Mellrich abgehalten wurden.

Im März 1944 starb die Oma. Nachts im Schlaf. Sie hatte schon die letzten Tage geklagt und sich nicht wohl gefühlt. Auf einmal kam sie am Morgen nicht mehr in die Küche herunter. Mutter fand sie als erste. Sie rief dann den Vater. Der war schon traurig und sehr still die nächsten Tage. Aber es gab ja so viel zu tun. Als erstes mussten die anderen Geschwister benachrichtigt werden, wie sollte man das nur rechtzeitig bis zur Beerdigung schaffen? Die anderen Brüder von Vater waren entweder weit weg oder längst eingezogen und irgendwo im Feld. Tante Lilli und Tante Roswitha erhielten ein Telegramm, Tante Tresgen konnten wir anrufen. Die Beerdigung war zwei Tage später.

Offiziell gab es bei Sterbefällen auch für die Angehörigen nicht schulfrei. Lehrer Kuhn schickte uns - die Enkelkinder und auch den Nachbarsjungen Alfred Grasnkemper - trotzdem auf eigene Kappe hin los. Wir haben den Sarg als Kerzenträger begleitet. Aus Kostengründen wurde der Leiterwagen zum Totenwagen. Der Sarg wurde mit einer schwarzen Decke abgedeckt, die Pferde trugen ebenfalls eine dunkle Plane oder Decke. Nachdem die Oma bis dahin im Haus in der guten Stube aufgebahrt worden war, ging der Trauerzug jetzt über den Toten Weg auf kürzestem Weg nach Mellrich. Wir haben übrigens immer geglaubt, dass dieser Weg deshalb der Totenweg heisst, aber Hansjosef meinte, das sei Käse.

Wer von den Dorfbewohnern irgendwie die Zeit finden konnte, zog mit uns hinter dem Leiterwagen her und betete bis Mellrich den Rosenkranz. Es kamen sehr viele Dorfbewohner, eigentlich alle, die noch zu Hause waren. Oma Theresia war im Dorf bekannt und geachtet worden. Dabei kam auch die Sprache wieder auf die Ereignisse um den Tod vom Grossvater, natürlich möglichst so, dass wir „Funken" das nicht mitbekamen. Oma Theresia hatte ihren Mann um 34 Jahre überlebt.

Auf dem Weg nach Mellrich kamen wir am Bornfahrtsfeld vorbei, wo vor Jahren Gräber in steinernen Totenkisten mit Knochen gefunden worden waren. Ich war auch traurig wegen der Oma, aber hier liess ich mich ablenken und dachte an das was Lehrer Kuhn erzählt hatte. Das es vermutlich alte Wikinger-Gräber waren.

Nach der Beerdigung gab es, obwohl es Kriegszeit war, anschliessend Kaffee und Kuchen in einem Lokal am Friedhof in Mellrich. Das heisst natürlich Kaffeeersatz, ähnlich wie unser Muckefuck. Wir Kinder tranken lieber Wasser. Dem Vater zuliebe blieben wir so lange sitzen, wie wir es aushielten, dann schlichen wir zu den Kameraden nach draussen.

Als wir abends wieder nach Hause kamen, war gerade Tante Roswitha eingetroffen. Sie hatte es nicht früher geschafft. Tante Tregen war gestern rechtzeitig eingetroffen, wo Tante Lilli steckte und ob sie vielleicht auf dem Weg zu uns war, wussten wir nicht. Vater wendete den Kutschwagen und fuhr gleich noch einmal mit ihr zum Grab.

Lange bleiben konnten sie aber nicht mehr, wegen der Verdunklung.

Es war ansonsten zuerst ein ruhiges Jahr. Das wichtigste Ereignis danach war die Einschulung von Marlene. Schultafeln waren zur Zeit überhaupt nicht zu bekommen. Aber sie konnte die alte von Hansjosef nehmen, der fertig mit der Schule war.

Aber dann kam es Schlag auf Schlag. Anfang April wurde Hansjosef eingezogen. Na ja, eigentlich wurde er zweimal eingezogen. Das erste Mal kam an einem Freitag der Brief, mit der Aufforderung sich am Montag in Mainz zu melden. Mainz?! Wie sollte er da so schnell hinkommen? Das gab vielleicht eine Aufregung im Haus. Denn es war uns bekannt, dass Verweigerung mit Tod durch Erschiessen bestraft wurde. Aber Hansjosef konnte es einfach nicht schaffen.

Er war zuerst einmal gar nicht zu Hause, er war für zwei Wochen zur Wehrertüchtigung im Lager in Körbecke, am Möhnesee. Zum anderen hatte der Vater kurz vorher ein Rencontre mit einer Kuh nicht ganz spurlos überstanden: er war vom Unfall her noch verletzt und konnte nur organisieren und nach dem Rechten schauen, aber nicht zupacken. Es war Hansjosefs Aufgabe, zusammen mit der Mutter natürlich, ihn so gut es ging zu ersetzen. Nicht zuletzt musste ihm das Amtsgericht Anröchte Reisepapiere ausstellen. Aber es war Wochenende und die Ämter damit geschlossen. Auch im Krieg blieb ein Beamter ein Beamter.

Louise wurde gleich zur Post ans Telefon geschickt, um ihn in Körbecke anzurufen. Aber die Truppe war natürlich unterwegs und kam erst abends zurück ins Lager.

Hansjosef wusste auch nicht recht, was tun, und ging dann erst einmal zum Lagerleiter. Letztendlich waren es tatsächlich diese Hindernisse, die ihn schützen sollten. Sein Freund Ruedi, der die gleiche Aufforderung erhalten hatte, machte sich auf den Weg, die Papiere durch Besuche in den Privatquartieren von Bürgermeister und stellvertretendem Gauleiter in Anröchte zu besorgen. Ruedi fuhr dann nach Mainz - keine Ahnung wie. Hansjosef dagegen gelang es, erst einmal einen Aufschub zu erhalten. Und zwar mit Hilfe der SS in Körbecke. Die waren ihm wohlgesonnen, weil sein Vorgesetzter wusste, dass er auf dem Hof gebraucht wurde, und bestätigten, er müsse erst einmal die Wehrertüchtigung fertig machen. Er kam noch am gleichen Abend nach Hause. Trotzdem war ihm ganz schön mulmig zu Mute. Er wusste, bei der nächsten "Einladung" war er fällig.

So kam es, dass Schröders Ruedi alleine nach Mainz fuhr. Später sollte er an die Westfront kommen, danach in französische Kriegsgefangenschaft und erst ein Jahr nach Kriegsende wieder in Bu. sein.

Mutter war erst einmal beruhigt. Ende 1944 erhielt Hansjosef dann allerdings die Einberufung Nr. 2 zum Arbeitsdienst. Sein Glück hielt an: Er kam zuerst einmal für drei Monate nach Brilon, ca. 40 km von Bu. entfernt. Da konnten wir ihn an einem Wochenende sogar besuchen. Es war zwar Winter und saukalt, aber Schenken Franz und ich haben uns mit dem Zug trotzdem auf den Weg gemacht.

Mutter machte sich riesige Sorgen, zu Recht: Wir waren Stunden unterwegs, aber nicht wegen des Wetters, sondern wegen der Tiefflieger. Ich weiss nicht mehr, wie oft wir anhielten und uns im Graben verstecken mussten. Ich weiss nur noch, ich war nass wie ein Hund und fror bis auf die Knochen, als wir endlich ankamen. Und dann hatte er gar keine Zeit für uns, weil er "Dienst" hatte. Da haben wir dann halt einfach unsere Schnitten aufgegessen, und den nächsten Zug zurückgenommen. So eine halbe Stunde

Pause mit uns hätte ihm sein Kommandeur ruhig gönnen können, fand ich.

Im Dorf roch es leicht verbrannt, als wir eintrafen. Louise erzählte uns: "Es hat wieder mal gebrannt, oben auf den "Schlöpen" ist der Stall abgeschröggelt (Mundart für abgebrannt). Die Viecher haben sie aber rechtzeitig rausgeholt." Ich wollte gleich los laufen und mir das anschauen, aber die Mutter meinte, für heute hätte ich genügend Aufregung gehabt. Das stimmte, es dauerte noch lange an diesem Abend, bis ich endlich einschlief. Später stellte sich dann heraus, dass heisse Asche die Ursache für den Brand gewesen war. Die Asche war auf die Miste gekippt worden, und die hatte sich schleichend entzündet. Welch eine Sch....

1944, Vaters Unfall

Im Grunde waren bei uns die Ställe grosszügiger als das Haus konzipiert und auch die Tiere hatten ausreichend Platz, eigentlich mehr als die Familie. Die Kühe waren unsere Lebensgrundlage, machten aber auch echt viel Arbeit: Dreimal täglich mussten sie getränkt, gefüttert und gemolken werden, bzw. im Sommer und Herbst morgens und mittags nach dem Melken noch auf die Weide getrieben werden. Letzteres war Arbeit für uns Kinder und nicht schwer: die Kühe standen die meiste Zeit auf der Weide nahe beim Wäscheteich und kannten den Weg eigentlich von alleine. Einmal Pfeifen reichte und sie kamen langsam bergauf oder gingen herunter. Das gleiche galt auch für das Jungpferd.

Langsam wurde es in der Schule immer besser: Zweimal pro Woche gab es einen freien Nachmittag. Schulfrei, nicht arbeitsfrei. Alle Schüler wurden in ca. sechs Gruppen eingeteilt und auf die Felder geschickt, um nach Kartoffelkäfern zu suchen. Das war zwar nicht besonders unterhaltsam, aber lustiger als Schule. Ausser man hatte Pech und erwischte die Gruppe, bei der Herr Kuhn mitarbeitete. Wir waren mehr oder weniger hin- und hergerissen, wie ernst der Auftrag wirklich zu nehmen sei. Jeder von uns wusste, dass Kartoffelkäfer ernsthafte Probleme bedeuteten. Auf der anderen Seite, zweimal die Woche alle, wirklich alle Felder im Dorf zu kontrollieren und auf jedem Feld reihenweise einzelne Kartoffelpflanzen zu überprüfen, war schon lästig. Nur weil irgendeiner in Berlin meinte, die Engländer würden einen Käferkrieg führen. Aber wenn sie doch Käfer abgeworfen hätten? Also prüften wir wirklich nach, bis zur Ernte. Manche Leute sagten jetzt auch 'Colorado Käfer' zum Kartoffelkäfer. Blöd, warum nicht einfach Ami-Käfer?

Es war ein heisser Sommer. Sobald ich Sommerferien hatte, habe ich fast jeden Tag zusammen mit einem der Mädels den anderen das Frühstück und Wasser frisch aufs Feld rausgebracht. Je nachdem, wo sie waren, gingen wir zu Fuss oder mit dem Handkarren dorthin. Auf dem Fahrrad hätte man die Sachen auch gut schieben können, aber das war ja aus dem Verkehr gezogen. Wie sonst auch, half ich Hühner und Schweine zu füttern, die Kühe zu hüten, passte auf Geschwister auf, war bei der Ernte eingesetzt und erledigte sonstige Besorgungen. Auch das Flicken von Pferdegeschirr stand auf dem Programm. Dieses Jahr wurde sehr viel Gemüse eingelegt, aber auch viel getrocknet. Beim Sammeln von wilden Beeren trafen wir vermehrt Leute von weiter her, die einen Riesenaufwand betrieben für ein paar Gefässe voll Früchte.

In den Herbstferien war es fast dasselbe. Jetzt mussten zusätzlich die Kühe richtig gehütet werden. Die Getreidefelder waren bereits abgeerntet und der Klee, den wir im Frühjahr dazwischen gesät hatten, war reichlich gewachsen, während die eigentlichen Kuhweisen abgeweidet waren. Die Äcker mit Klee waren natürlich nicht eingezäunt. Also war einer oder zwei von uns mit den beiden Schäferhunden zum Hüten dabei. Anfangs mussten wir die Kühe mühsam in die richtige Richtung drängen. Das machen wir meist, indem ich links neben der ersten Kuh herging und rechts die beiden Hunde und wir sie so dirigierten. Je später es im Sommer wurde, desto besser hatten sich die Kühe daran gewöhnt und trotteten brav, wohin sie sollten. Im Normalfall blieben sie dann auch bei der Herde.

Klee kann tückisch sein, wenn er feucht ist. An nassen Tagen passten wir auf wie die Schiesshunde, dass die Kühe nicht zu viel und nicht zu gierig frassen. Das hätte zu einer Kolik führen können, ausgelöst durch massive Blähungen, weil das Gras im Bauch zu gären anfing. Bei uns gab es nie Probleme, aber ich habe mal bei einer Kuh von Schenken gesehen, wie schlimm das seien kann. Als letzte Rettung in dem Fall, als durch das Gas sowohl Eingang als auch Ausgang blockiert wurden und die Kuh im Endstadium keine Luft mehr bekam, stach der Tierarzt den Pansen von aussen auf. Eine äusserst riskante Geschichte, und in diesem Fall leider zu spät. Die Kuh erstickte.

Im Verlauf der Zeit wurde ich zunehmend lascher in der Aufsicht der Kühe. Ich hatte alte Decken und Mäntel dabei und lag faul am Feldrand. Manchmal las ich oder bekam Besuch von Freunden. Einmal war ich allein verantwortlich: ich war immerhin schon 11. Aber ich fand das Kühehüten nicht so wahnsinnig spannend und habe statt dessen lieber alte Nägel auf die Eisenbahnschienen gelegt, um lustige Formen zu bekommen. Tja, und dabei sind alle abgehauen und ich habe es noch nicht mal gemerkt!

Bis Nachbars Herbert kam, breit grinste und mir sagte, "Du, schon gehört? Da läuft eine Herde Kühe ganz allein auf der Hauptstrasse nach Effeln." Ein Blick genügte: das waren meine!!! Mann, was war ich schnell. Passiert ist Gott sei Dank nichts; es gab nicht so viele Autos zu dieser Zeit. Abends waren wir alle pünktlich wieder zu Hause und ich wunderte mich zusammen mit der Mutter, warum wir an diesem Tag so wenig Milch hatten. Ich war mir dabei nicht sicher, ob sie nicht doch etwas gemerkt hat. Wahrscheinlich hat mich mehr meine Haltung verraten, als der Zustand der Kühe. Aber gesagt hat sie nichts.

Irgendwie war es ein unruhiges Jahr. Im Frühjahr hatte sich Vaters Unfall ereignet, eine böse Geschichte: Der Vater war auf einem Inspektionsrundgang um die Felder unterwegs und gerade auf einem schmalen Grasweg, als er von einer Kuh angegriffen wurde. Natürlich kannte er sich mit Kühen aus und wusste sie im Normalfall zu nehmen und händeln, aber diese war irgendwie völlig verrückt, liess nicht von ihm ab und stiess ihn mit den Hörner so fest, dass er in die danebenliegende Weide stürzte, über den Zaun wohlgemerkt. Floers zwei jüngsten, die eigentlich die vier Kühe hätten hüten sollen, konnten ihm nicht helfen.

Der Vater hatte eine gebrochene Schulter und einen verletzten Oberarm. Trotzdem ging er die 1 ½ km zu Fuss zurück zum Haus. Als Mutter das Ausmass der Verletzung sah, schickte sie Hansjosef sofort zum Telefon. Er musste im Lazarett im WKP (ehemaliges und später wiedermaliges Westfälisches Landeskrankenhaus für Psychiatrie) in Warstein anrufen. Dort arbeitete Dr. Scheef, der nächste Arzt. Er kam auch noch am gleichen Abend. Er legte einen festen Verband an, damit die verletzten Knochen zwar ruhten aber die Muskeln nicht steif wurden. So fiel der Vater immer noch für sechs Wochen aus, aber er konnte sich minimal bewegen. Trotzdem war der Unfall eine Katastrophe. Bis er keine Schmerzen mehr haben würde, würde sicher ein halbes Jahr vergehen: der grösste Teil der Arbeiten erforderte nun einmal Muskeleinsatz. Und Sommer und Ernte standen noch bevor.

Ich konnte mir gar nicht vorstellen, wie das Wirtschaften jetzt gehen sollte, wo Vater verletzt war. Aber ich hatte nicht mit Vater selber gerechnet. Ich erfuhr dann sehr schnell, wie es die nächsten Wochen sein würde. Vater sass in der Stube in seinem Sessel, den Arm auf dicke Kissen gestützt und machte Einsatzpläne. Wer sich blicken lies, wurde sofort als Bote genutzt. "Guck doch mal, ob der Winfried mit dem Schärfen schon fertig ist. Sag ihm, dass er danach die Kühe melken soll. Louise und Roswitha sollen ihm dabei helfen." Hansjosef musste regelmässig rapportieren, und nachmittags gingen sie zusammen langsam über den Hof und planten die Arbeiten der nächsten Tage.

Vater stand weiterhin früh auf wie gewohnt und weckte uns durch lautes Rufen. Nachdem ihm die Mutter beim

Anziehen geholfen hatte, ging er zu seinem vorrüber-
gehenden Standort in der Stube. Jetzt war es die Mutter
oder auch Marianne, die morgens den Herd anheizten.
Hansjosef, Marcel und Winfried setzten sich zum Frühstück
zu Vater dazu und er trug auf, was an diesem Tag zu
erledigen war.

Danach nutzte er die erzwungene Ruhe und las in Ruhe die
Zeitung, den "Patriot". Nachmittags schlief er ein
Stündchen, dann sass er wieder dabei, wenn wir
Hausaufgaben machten. Als seine Schulter langsam anfing
zu heilen und er nicht mehr so starke Schmerzen hatte,
band die Mutter ihm eine Strickjacke und einen
Regenschutz um und er blieb tagsüber draussen, um sich
selber vom Fortschritt der Arbeiten zu überzeugen. Keine
Botengänge mehr, wenn man schnell genug war!

Zusammen schauten wir dann dem nächsten grossen
Ereignis entgegen: Im Oktober bekamen wir wieder ein
Geschwisterchen, unsere Maria. "Ein liebes rücksichts-
volles Kind", wie unsere Mutter später gerne sagte. Abends
war Mutter noch melken gewesen, direkt danach kündigte
sich Maria an. Diesmal ging alles ratzfatz, ohne Probleme.
Eine Stunde später war Maria schon da. Selbst die
Hebamme traf erst ein, als gerade alles vorbei war. Dabei
war unsere Mutter immerhin schon 46. Damit waren wir
neun Kinder dann komplett. Schade, dass Oma Theresia
das nicht mehr mit erlebt hat. Sie hatte ja auch neun Kinder
gehabt, allerdings drei Mädchen und sechs Jungs. Ein
besonderes Ereignis war Maria für mich aber nicht mehr.
Wir wussten, die Mutter brauchte jetzt ein paar Tage Ruhe.
Das hiess, wir hatten mehr Freiheit als sonst. Windeln
wechseln konnten wir sowieso alle.

Auch dieses Mal blieb die Mutter noch ein paar Tage im
Bett. Von wegen keine Botengänge mehr. Denkste. Jetzt
ging es bei ihr genauso weiter, wie der Vater das gemacht

hatte: wir wurden wieder zu Botengängern. Sie stellte Ilse und Marianne zum Küchendienst ab und mich zum Kinderhüten.

Da ich damit nicht ausgelastet war, wurde ich dann noch zum Sammeln von Hagebutten und Eicheln geschickt. Und Nüssen: Wegen der Nüsse gingen wir immer zum Schreiner: der hatte sowohl Hasel- als auch Baumnüsse im Garten. Heute ging ich allein hin, nahm den Bollerwagen und Margret mit, und half ihm dann erst einmal beim Schütteln der Bäume, danach beim Auflesen und Füllen der Säcke. Margret half auch. Er passte gut auf, dass ich nicht zu viel Erde und Zweige mit einpackte, sondern wirklich nur Nüsse. Aber er hätte da besser auf Margret aufpassen müssen, nicht auf mich. Die steckte sehr kreativ noch so allerlei mit in den Sack. Das Auflesen dauerte den ganzen Nachmittag. Anschliessend bekam ich einen Sack voll gemischter Nüsse mit nach Hause. Ich band ihn zu, setzte Margret hinten in den Bollerwagen und legte den Sack vorsichtig vorne drauf. Margret war auch hungrig geworden und fing an zu quengeln. Ich hatte jetzt aber auch Kohldampf! Die Zwillinge hatten ein Einsehen und erlaubten uns vor dem Abendessen noch je eine Schnitte Brot mit Rübenkraut.

Bevor wir jetzt morgens in die Schule liefen, mussten wir uns ein paar Tage unsere Pausenbrote selber schmieren. Das brachte uns irgendwie aus dem Takt. Wenn die Mutter nicht da war, fehlte etwas. Alle waren wir froh, als sie wieder aufstand und die Fäden in die Hand nahm.

Nachrichten vom Krieg trafen ein: Entweder waren es Mitteilungen, dass einer gefallen war oder vermisst wurde. Auch bei Schenken-Schönne kam ein Brief mit der Mitteilung, dass Fritz vermisst sei. Ihr guter Freund seit der Kindheit. Das machte die Mutter sehr traurig. Einige Tag lang spekulierten wir, was ihm wohl passiert war; dabei achteten wir sehr darauf, dass weder Mutter noch die Zwillinge in der Nähe waren.

Wir sind reich

Natürlich waren wir nicht wirklich reich, an Geld oder Gold gemessen. Bargeld hatten wir wie so viele andere in dieser Zeit fast nie, wir waren Selbstversorger, die soviel eigenhändig herstellten und produzierten wie nur irgend möglich. Grösstenteils gelang es uns, unabhängig zu sein. Obwohl das jetzt zu Kriegszeiten schwieriger war als im Frieden. Es ging uns gut, wir hatten genug vom Wichtigsten.

Wir hatten in jedem Fall immer noch genügend Milch. Getrunken wurde sie zwar nur wenig, aber zum Kochen und für die Milchsuppe am Abend reichte es. Milch war ein Basisnahrungsmittel. Die Mutter und die Mädels machten Buttermilch, Käse und Pudding daraus. Und das übliche: Dickmilch und Quark. Etwas besonderes war der Kochkäse der Mutter: flüssig, cremig, fast weiss noch, mit Kümmel und dazu eine dicke Scheibe Brot. Das war nicht zu toppen!

Oder wenn ich es mir recht überlege, doch, es war zu toppen: Der Höhepunkt der Woche war nach wie vor der Vanillepudding am Sonntag Mittag. Und die schwer erarbeitete (fast ergaunerte) Butter? Die brauchten wir zum Kochen. Auf den Broten war sie auch bei uns längst verschwunden. Manchmal gab es noch eine kleine Portion Schmalz. Eigentlich gab es bei uns dasselbe wie immer, nur von allem etwas weniger.

Der Verkauf von Milch war unsere regelmässigste und verlässlichste Einkommensquelle gewesen. Wir hatten einen Vertrag mit der Molkerei in Drewer. Einer der Söhne oder Töchter von Schenken oder Fauken kamen abwechselnd jeden Tag mit dem Sammelwagen vorbei und sammelten im ganzen Dorf die grossen grauen Kannen ein. Über die abgegebene Menge, die zwischen vier und zehn

Kannen à 20 Litern variierte, wurde Buch geführt, ebenso wie über die Magermilch, die auf dem gleichen Weg in kleinen Mengen für die Fütterung der Schweine zurückkehrte. Das musste offiziell so sein, da wir offiziell im Krieg keine Zentrifuge besassen. Die kleinen Molkereien produzierten hauptsächlich Butter und ein wenig Quark. Was die dabei anfallende Magermilch betraf: die wurden von allen Bauern dringend gebraucht, für die Fütterung der Schweine. Aber mit Milch liess sich jetzt im Krieg kein Geld verdienen.

Wir hatten immer noch eine ganze Menge Schweine und eine kleine Herde Kühe und Rinder, deren Anzahl jetzt sehr genau dokumentiert war. Obwohl man sich ja bei kleinen Ferkeln sehr schnell verzählen kann. Komisch, das passierte Vater in dieser Zeit immer wieder! Wirklich merkwürdig.

Früher war im Winter alle vier Wochen Schlachttag gewesen: Mittels Bolzenschuss wurde ein Schwein geschlachtet. Jetzt musste das heimlich und vor allem lautlos geschehen; die Schweine waren noch nicht einjährig und noch klein. Trotzdem freuten wir uns auf die nach eigenem Rezept der Mutter hergestellten Leber- und Blutwürste. Gebratenes wie Filet gab es nur wenig, eher Koteletten und Braten, die wir sowieso lieber hatten, und viel Speck. Denn ganz ohne Fett schmeckt es nicht.

In erster Linie wurde das Geschlachtete zu Würsten, Schinken und natürlich eingekochtem Fleisch verarbeitet: die armlangen Mettwürste mit ein wenig Pökelsalz, damit sie nicht grau und unappetitlich aussahen und natürlich die Speckschwarten und die Schinken. Zuallererst haben wir die Blut- und Leberwürste gegessen, weil diese sonst trocken wurden. Der Rest der Leberwürste wurde dann in Dosen gefüllt. Die Dosen kamen auf den Handkarren und wir gingen damit zum Stellmacher, der eine Rädelmaschine hatte und die Dosen mit Deckeln verschloss. Der wusste immer, wann geschlachtet worden war, und bekam jedes Mal seinen Anteil (wir waren ja nicht die einzigen im Dorf, die sich verzählt hatten).

Mit dem Rest konnten wir uns Zeit lassen. Im Sommer lebten wir vom eingekochten Fleisch, allem was an Leckerem auf der Fleischbühne hing und unseren Sonntagshähnchen. In Friedenszeiten verkauften wir Fickel (Ferkel), aber auch mal ein gemästetes dickes Schwein. Das Geschlachtete assen wir selber. Jetzt im Krieg haben wir manchmal einen Schinken oder eine Mettwurst als Zahlungsmittel eingesetzt, d. h. "verhamstert", also gegen andere wichtige Sachen oder Dienste eingetauscht.

Das wichtigste, um an Bargeld zu gelangen, war der Verkauf von Getreide und Kälbern, Rindern oder vor allem trächtigen Kühen gewesen. Der Viehverkauf war unsere Haupteinnahmequelle, die jetzt im Krieg verboten war. Vater konnte die Kühe nicht mehr frei verkaufen, sondern musste sie dem Heer und damit dem deutschen Vaterland liefern. Heute weiss ich, dass auch das Schlachten genau geregelt war. Trotzdem mag ich mich nicht entsinnen, dass sich da bei uns im Rhythmus etwas verändert hatte.

Überhaupt, Vater hätte am liebsten eine eigene Rinderzucht versucht, hat aber wegen der vielen Kinder darauf verzichtet: einen Stier auf dem Hof zu haben, ist nicht ganz ungefährlich.

Zu dieser Zeit hielten wir uns sehr viel mehr Gänse und Enten als sonst. Das war wenigstens erlaubt. Diese Art Federvieh fordert wenig Pflege, nur regelmässig Futter. Dafür versorgten uns die Gänse mit dicken Eiern und Federn. Sie brauchten von April bis Dezember, um auszuwachsen. Pünktlich zu Weihnachten lagen sie auf dem Tisch und somit auf dem Teller. Um eine kräftige Gans zu schlachten, musste man schon zu zweit sein. Das Federvieh wurde nur noch innerhalb der Hofburg gehalten, um niemanden in Versuchung zu führen. Die neugierigen Viecher liefen einem dauernd vor die Füsse.

Ganz raffiniert war die Versorgung durch Eintagshähnchen. Jedes Jahr kurz vor Ostern kauften wir Kisten mit Eintagshähnchen und einigen wenigen Eintagshühnchen. Wie man die Geschlechtsunterscheidung macht, ist mir übrigens bis heute unklar. Bei Einen-Tag-alten Küken sehe ich keinen Unterschied. ‚Experten' zu dieser Zeit konnten das mit ca. 95prozentiger Genauigkeit hinkriegen. Die Hühnchen wurden bestens gefüttert, und die, die durchkamen, ab dem Sommer wöchentlich um zwei redimensioniert zwecks Speisung der Familie „Funke".

Diese verantwortungsvolle Aufgabe war mir übertragen worden und ich erledigte sie jeden Samstag schnell und schmerzlos: In den Hühnerstall gegangen, Tür geschlossen und zwei Hühnchen oder Hähnchen an den Beinen gefangen und kräftig durch die Luft gewirbelt. Danach zur Axt auf dem Holzblock. Anschliessend kam das Rupfen, was ich gleich vor der Miste machte. Manchmal half mir auch eines der Mädels dabei. In der Küche verkohlte Mutter dann die letzten Haare über dem Herd und nahm sie aus. Bis zum nächsten Tag hingen sie dann in der Speisekammer. Ich bin mir jetzt aber nicht mehr sicher, ob wir das System mit den Eintagshühnchen auch während der letzten Kriegsjahre hatten, oder erst nachher wieder. Vermutlich letzteres.

Eier hatten wir gerade genug für den Eigenbedarf. Selbstverständlich war das Eiereinsammeln Weibersache bei uns. Wenn ich so darüber nachdenke, kann es aber auch sein, dass einfach die Jüngsten für die Eier verantwortlich waren und das waren bei uns halt Mädels.

Im Winter gab's keine frischen Eier. Die Hühner, die wir hatten, waren noch "normal" und normale Hühner legen im Winter keine Eier, das tun nur hochgezüchtete. Auch die Gänse legten nicht mehr. Mutter musste ein Gespür dafür entwickeln, wann die Legepause anfing, und rechtzeitig Eier zurücklegen und gut isoliert in einer Flüssigkeit (ich weiss nicht mehr welche) und abgedichtet in der kalten Vorratskammer zur Seite legen. Sonst hätte es ja weder Pudding, noch Vaters Frühstücksei gegeben.

Wir hatten genug Heu und Stroh für den Eigengebrauch. Das wenigstens wollte der Staat nicht. Nach dem auf-wendigen Mähen und Heuen waren unsere Böden über den Ställen randvoll bis unters Dach. Das reine Viehfutter direkt über den Ställen, der Rest sowie die noch vollen Ähren in der Scheune.

Dazu gab es reichlich Getreide und damit konsequenter-weise Mehl. Die Ernte reichte immer aus, so dass wir nie etwas dazu kaufen mussten, war aber in der Menge stark wetterabhängig. Im Gegenteil, auch der Verkauf von Getreide war Teil unseres Einkommens, allerdings konnten wir nur mit einem kleinen Einkommen aus dieser Quelle rechnen. Von diesem Geld wurde dann Kunstdünger und Saatgut gekauft. Mit dem Kunstdünger war es nichts dieses Jahr und auch die Saatkörner mussten wir aus der eigenen letzten Ernte nehmen. Das hatte zur Folge, dass die Erträge langsam abnahmen.

Wir bauten zwar weiter Weizen, Roggen, Gerste und Hafer an, ebenso wie Kartoffeln und Zuckerrüben (neben den Futterrüben), konnten aber nur das ansetzen, wovon wir im letzten Jahr schon gehabt hatten. Für unseren morgendlichen Muckefuck brauchten wir entweder Roggen oder Gerste. Nicht weil Krieg war, sondern weil man das auf dem Hof schon immer getrunken hatte.

Weizen und Roggen wurden nach dem Dreschen säckeweise an die Genossenschaft verkauft. Aber nicht alles: einen Teil davon liessen wir mahlen und brachten die Säcke zum Bäcker nach Mellrich: Es liess sich leicht auszurechnen, wie viel Mehl wir für die Brote pro Woche brauchen würden. So kam uns das Brot auch billiger. Das Mehl fürs Backen zu Hause liessen wir ebenfalls in der Mühle oben auf dem Hügel mahlen: durch die Besonderheit des Bodens bei uns fanden sich verschiedentlich Wasserteiche auf der Anhöhe. Gemahlen wurde auch im Winter, weil wir oftmals erst jetzt die Ähren aus der Scheune gedroschen haben. Das war nicht zuletzt für das Mehl von Vorteil, damit es im Laufe des Jahres nicht schimmelte. Die Mühle gehörte Josef Marx und war noch ziemlich neu. Vater hatte uns erzählt, dass sie früher immer bis nach Belecke mussten zum Mahlen; eine Mühle in der Nähe war natürlich angenehmer.

Auch das Getreide für die Tiere (Gerste und Hafer) wurde dort geschrotet. Weswegen wir sicher zwei oder drei Mal die Woche an der Mühle waren. Meist fuhren der Vater oder einer der Knechte, aber wenn diese keine Zeit hatten, übernahm ich. Und das machte ich gerne, wenn auch nicht ohne Hintergedanken. Wenn wir im Sommer Getreide zur Mühle gebracht hatten, sind wir auf dem Rückweg schon mal eben schnell in die "Kaulen" gesprungen. In der Unterhose. Dasselbe am nächsten Tag, wenn wir die Säcke wieder abholten. Das Pferd wurde im Schatten angebunden und war auch nicht böse über die Ruhepause. Der kleine Teich war nicht tief und auch recht schlammig, aber zum Baden und Planschen reichte es allemal. Nur unsere Unterhosen, die waren nachher ein bisschen grün. Die "Kaulen" lag, genau wie der Mühlteich, oben auf der Anhöhe, ganz in der Nähe.

Für die Mast der Schweine oder auch das Kraftfutter der Rinder gab es so auf dem Kornboden über dem Schuppen jede Menge strammgefüllter Säcke. Erst ab ca. 1950 bekamen die Bauern und damit auch wir nach und nach eigene Schrotmühlen.

Süsses hatten wir schon vor dem Krieg nur in Form von Streuselkuchen und Pudding und natürlich auch Obst, je nach Saison, gehabt. Honig gab es schon damals nicht, das war zu teuer. Schokolade gab es selten und damit war sie automatisch etwas ganz Besonderes, aber wir haben sie nicht vermisst. Wenn es mal Schokolade gegeben hatte, dann eine Tafel für alle Kinder zusammen. Die Mutter machte damals auch Marmeladen, aber nur wenig. Obst zuzubereiten waren einfach zu arbeitsintensiv und wegen des benötigten Zuckers zu teuer in der Herstellung. So gross war unser Obstgarten auch wiederum nicht. Neben Äpfeln, Pflaumen und Birnen auf der Obstwiese gab es nur eine ganze Batterie Himbeer- und Brombeersträucher. Am liebsten war uns das Pflaumenkraut. Das war schnell und in grossen Mengen im Wäschekessel gekocht und schmeckte super. Regelmässig und in reichlichen Mengen vorhanden war das Rübenkraut. Unter anderem auch, weil es endlos haltbar war. Ausserdem war Zucker zur Zeit sowieso nicht zu kaufen. Das Rübenkraut wurde frisch gemacht - sehr arbeitsintensiv übrigens, unter stundenlangem Rühren - und kam jeweils in eine grosse Milchkanne. Der grosse Futtertopf roch oft noch tagelang nach dem Rübenkraut.

Gemüse aus dem Garten gab es auch jetzt noch ausreichend, wie vor dem Krieg auch. Wir pflanzten alles an, was in unseren Breiten möglich war und im vernünftigen Verhältnis zum Pflanz- und Pflegeaufwand stand. In erster Linie Ingredienzien für die mittäglichen Gemüsesuppen, für die berühmten westfälischen "Dicke Suppen" - allem voran Erbsen und Bohnen - und natürlich grosse Mengen von Weisskohl für Sauerkraut. Dazu Möhren, Salat, Porree, Grün-, Blumen- und Rosenkohl, Sellerie, Kohlrabi und, ganz wichtig, Meerrettich. Daraus machte die Mutter ihre berühmte Füllung für Gänsebraten.

Ganz unabhängig waren wir natürlich nicht, denn einiges mussten wir auch - theoretisch - kaufen:

Kleidung zum Beispiel, und Schuhe. Auch Holzschuhe kosteten (ein wenig) Geld. Dass einem darin der Federungs-Comfort eines Air-Nike-Turnschuhs fehlt, war uns gar nicht bewusst. Für uns waren sie praktisch. Ausser vielleicht im Winter beim Rodeln: da war es besser, nicht rauszurutschen. Der Vorteil dagegen war, dass man gut bremsen konnte und keine Schuhspitzen dabei verschliss. So wie ich das einmal mit meinen nagelneuen Schuhen gemacht hatte. Oh Mann, waren die Eltern sauer gewesen.

Salz und Hefe mussten wir ebenfalls kaufen, auch wenn dieser Posten vernachlässigbar war. Wir nutzen dazu einen der zwei Tante-Emma-Läden in Bu.. Diese waren in Friedenszeiten erstaunlich einträglich, da niemand gross Zeit hatte einkaufen zu fahren. Hier gab es die alltäglichen Dinge (ausser Lebensmitteln, die hatte ja jeder selber) wie Essig, Öl, Gewürze, Zucker, Petroleum, Zigaretten und Zigarren, manchmal auch Stoff. Einer der Läden verkaufte auch Bier vom Fass. Hin und wieder wurde ich vom Vater los geschickt, mit einer Henkelkanne Bier holen. Das Bier stand dann ohne Kühlung bis zum Abendessen in der Kanne. Auch Vaters Zigarrenstumpen wurden hier gekauft, ebenso unsere Schulhefte. Obwohl, die waren teuer und eigentlich nur für Schönschrift benutzt wurden. Ansonsten kam immer die Schiefertafel zum Einsatz.

Wer etwas wollte, ging gar nicht erst in den Ladenraum. Da war ja sowie keiner. Man zog die Glocke aussen vor dem Geschäft und wartete, bis einer kam. Es war auch durchaus nicht ungewöhnlich, ausserhalb der Geschäftszeiten vorbeizukommen.

Bargeld hätten wir dringend für Öl oder Diesel für den Trecker gebraucht, aber eben, Nachschub dazu gab's dieses Jahr nicht. Vater hatte übrigens das noch fast volle Reservefass mit Diesel in die Remise gerollt, nahe bei der Hundehütte, und dort verschlossen. Nur so, vorsichtshalber. Normalerweise hätte auch, ganz wichtig, der pekuniäre Lohnanteil der Knechte dazugehört: Sie arbeiteten in der Regel zwar zum grössten Teil für Kost und Logis, aber der restliche Teil wurde bar erwartet. Nicht jetzt im Krieg. Bei den Kriegsgefangenen, da entfiel dieser Posten. Für Kleidung sorgte die Mutter, und für ein unregelmässiges Bierchen der Vater.

Für die wenigen Weihnachtsgeschenke wurde immer ein ganzes Jahr gespart, in einer Extra-Spardose. Zu den Geburtstagen waren in unserer Familie Geschenke nicht üblich.

Dezember 1944, Tiefflieger

Ende 1944 wurde es mit den Tieffliegern immer schlimmer. Es gab zwar keine Sirenen, die uns vor Bomben warnten, aber wir sahen, was passierte. Als zum Beispiel, ich glaube es war am Nikolausabend, ein schwerer Angriff auf Soest geflogen wurde, hörten wir es bis zu uns knallen. Wir sahen die Weihnachtsbäume am Himmel aus den Leuchtbomben, auf die dann die richtigen Bomben folgten. Und wir sahen den Lichtschein der Feuer. Mutter, nach der Geburt von Maria gerade wieder aufgestanden war, war sehr unruhig.

Kurz vorher im selben Jahr hatten wir uns einen Unterstand gebaut. Man kann ihn nicht gerade Bunker nennen, aber wir haben hinten am Ende des Gartens ein grosses Loch gebuddelt und es gut mit Holz und Stroh abgedeckt. Einen Abend, kurz nach dem Angriff auf Soest, waren wir sehr froh, dass wir ihn hatten. Wir hatten Bratkartoffeln und Blumenkohl zum Abendessen gehabt und alle hatten kräftig reingehauen.

Auf einmal gab es ganz fürchterliche Knälle in der Nähe, so dass sogar das Haus wackelte. Man, hatte ich da Schiss. Ich kann mich noch entsinnen, dass ich geschrieen habe: "Wir müssen in den Bunker!" Da sind wir auch alle hin gerannt, so schnell wie wir konnten, ohne irgend etwas mitzunehmen. Für die kleine Maria gab es noch nicht einmal Windeln zu wechseln. Mutter hatte sich gerade noch eine Decke geschnappt. Die Tiere, unruhig wie sie waren, mussten am nächsten Morgen lange aufs Frühstück warten.

Als wir heraus kamen und nach den Nachbarn schauten, waren wir froh, sie unverletzt vorzufinden. Überhaupt, es war im ganzen Dorf niemandem etwas passiert. Keine Häuser oder Menschen getroffen, vielmehr nur einige Äcker hochgejagt. Was passiert war, erfuhren wir erst nach und nach. Ein englischer Bomber war angeschossen worden und drohte abzustürzen. Weswegen der Pilot planlos seine ganze Ladung restlicher Bomben abwarf, zufällig hinter dem Dorf. Der Lärm war gewaltig gewesen, der Schaden aber nur klein: So kam der richtige Krieg dann doch noch zu uns.

Wie jedes Jahr hatten wir auch diesen Sommer nach dem Motto "Wer im Sommer Kappes baut, hat im Winter Sauerkraut" und überhaupt Vitamin C zu essen, reichlich Weisskohl im Garten angebaut. Mehrere Tage lang waren wir Kinder mit der Ernte beschäftigt. Auf der Schubkarre brachten wir die Kohlköpfe ins Haus, in die Deele, wo wir sie stapelten wie anderswo Kohlehaufen. Christine und Marlene halfen auch, die trugen jeweils einen Kohlkopf vom Garten ins Haus.

Die Kohlköpfe galt es nun zu verarbeiten: Strunk raus, halbieren, dann auf dem Holzschneider klein raspeln. Ca. eine Woche war das Haus mit fast nichts anderem beschäftigt. Im Keller standen seit Jahren für diese Zwecke riesige Holz- und Steinbottiche zur Verfügung. Parallel dazu wurden mehrere dieser Bottiche, die sicher einen Meter hoch waren, sorgfältigst tagelang gereinigt. Die Mutter musste schon gar nichts mehr sagen: Das war unsere Aufgabe, Hansjosefs und meine. Wir schleppten sie aus dem Keller hoch, in den Hof, wo wir sie erst ausbürsteten, dann abspritzten, dann mit einer eisernen Bürste schrubbten, und wieder und wieder ausspülten. Eine Arbeit, bei der es sich gar nicht vermeiden liess, nass zu werden. Dabei war es um diese Jahreszeit schon ganz schön kühl. Dabei waren wir barfuss, aber das gab ziemlich kalte Füsse.

Zurück im Keller, füllte die Mutter sie schichtweise mit dem geraspeltem Weisskohl und Salz. Diese Aufgabe übernahm sie immer selber, denn sie kannte am besten das richtige Mischverhältnis zwischen Kohl und Salz. Zwischendurch musste einer von uns Jungs in das Fass steigen - mit neuen Holzschuhen, die so blank gescheuert waren, dass garantiert kein Splitter mehr dran war - zum Stampfen. Nach den stundenlangen Fassauswaschen waren unsere Füsse garantiert sauber!

Fertig war man mit Stampfen, wenn einem die dabei entstandene Suppe bis zum Knöchel ging. Dann kam die nächste Schicht drauf. Anschliessend kam jeweils der dicke Holzdeckel drauf und einige Steine. Ein ganzer Kellerraum war voll nur mit Krautfässern. Nach 4 - 6 Woche Ruhe würde das Kraut essbar sein und die Sauerkrautphase wieder beginnen. Aber so hielt sich das Kraut bis in den Sommer hinein. Ganz selten kam es mal vor, dass ein Fass verdarb. Das wurde dann anderweitig verwendet, und ein neues statt dessen angeschafft. Da war die Mutter eisern. Obwohl das jedes Mal eine Diskussion mit dem Vater gab.

Diesen Herbst 1944 gab es auch eine höchst unschöne Gegebenheit, die den Vater sehr aufregte und uns mit ihm: Vater hatte einen Brief vom stellvertretenden Gauleiter in Anröchte erhalten, mit der Aufforderung, er möge sich am 24. des Monats um 10.00 Uhr dort einfinden und "die polnische Zwangsarbeiterin Marianne B." mitbringen. Wegen dieses Briefes allein regte er sich noch nicht auf. Er verständigte sich mit dem einen Schuster, dem "alten" Dorfschuster, der einen Kriegsgefangenen polnischer Herkunft hatte. Es zeigte sich, dass alle, die polnische Zwangsarbeiter bei sich beschäftigten, am selben Tag nach Anröchte bestellt waren. Der Dorfschuster war zu alt und krank, so fuhr Vater im Kutschwagen mit Marianne und dem Schustergesellen dorthin.

Wie Vater später erzählte, war der Hauptzweck dieses Treffens, dass sich die Polen in Reihen aufstellen mussten und von irgendwelchen Grosskotzigen aus der Partei angeschrieen und beleidigt wurden. Vater war furchtbar wütend, als er zurückkam und sagte nur, er hoffe, dass das Betragen dieser Menschen möglichst bald wieder auf sie selber zurückfalle. Marianne weinte erst, war dann aber schnell getröstet und hatte bis zum Nachmittag eine Mordwut aufgebaut. Sie schimpfte noch Tage vor sich hin, unterschied aber ganz genau zwischen "unserer Familie" und "den Bonzen. Der Schustergeselle allerdings, eigentlich ein sehr freundlicher Mann, den wir alle ganz gut leiden konnten, hatte sich die Sache sehr zu Herzen genommen. Er zog sich ganz ins Schneckenhaus zurück, sprach mit niemandem mehr. Wir versuchten noch ein paar Mal, ihn zum Ballspielen abzuholen, aber er wollte nicht.

Das war auch die Zeit, wo immer mehr Städtische zu uns ins Dorf kamen. Die Anzahl der Einwohner verdoppelte sich fast. Im Frühjahr darauf kamen auch Onkel Hubert, seine Frau und sein kleiner Sohn auf dem Hof an, per Fahrrad. Auf einmal standen sie da, mitten im Hof, mit zwei Fahrrädern. Ich dachte zuerst, das sind wieder welche, die was zu essen wollen und rief herüber: "Suppe kriegt ihr vorne an der Küchentür, es ist aber nicht mehr viel da."

"He, Jung, kennst du mich nicht mehr? Ich bin's, Onkel Hubert! Und du musst" er überlegt kurz „Heinzfriedel sein." Na ja, ich kannte ihn nicht wirklich, hatte ihn seit Jahren nicht gesehen. Aber von einem Brief an Vater wussten wir, dass er verwundet worden war und ein steifes Bein zurückbehalten hatte. Und der Mann dort hatte unübersehbar eins.

Ich fragte ihn verwundert: "Du hast doch da dein steifes Bein. Wie kannste damit Rad fahren?" "Oh, das zeig ich dir mal bei Gelegenheit. Es ist mühsam, aber es geht: Guck mal, ich hab' hier einen Bindfaden an der Pedale, damit geht's." Später sah ich, wie er die eine Pedale mit dem

Bindfaden und der Hand hochzog. Damit ist er tatsächlich von Lünen bis nach Bu. gefahren. In Lünen, sein Hof lag nahe bei der Stadt, war es zu gefährlich geworden, anscheinend wurde dort noch mehr geklaut als bei uns in der Gegend

Bevor ich dann die unbekannte Tante begrüssen musste, rannte ich schnell los, die Mutter suchen. Sie freute sich sehr, den Schwager und seine Familie unversehrt anzutreffen, das sah ich. Aber sie sagte nur kurz: "Gut, da seid ihr ja. Kommt rein, ihr seid sicher hungrig. Wollt ihr bleiben?" Man sah, dass sie sich gleichzeitig schon die notwendigen organisatorischen Änderungen durch den Kopf gehen liess.

Wohin bloss mit den dreien? Mutter entschied sich, ihnen Mariannes Kammer zu geben. Marianne schlief daraufhin in der guten Stube. So schlecht war der Tausch für sie gar nicht. Auf dem Fussboden lag ein Teppich, und sie konnte abends die Wärme von der Küche hereinlassen.

Dann schickte sie mich los, Vater zu suchen. Der hätte vor lauter Freude seinen Bruder fast in den Arm genommen. Leicht verlegen brach er die Bewegung in der Mitte ab, klopfte ihm statt dessen auf den Rücken und griff sich den kleinen Wolfgang, um ihn einmal kräftig durch die Luft zu schwenken. Dann nahm er Onkel Hubert mit in den Stall, während die Tante, deren Namen ich mir einfach nicht merken konnte, mit der Mutter in die Küche ging. Die Zwillinge bekamen den Auftrag, für Wolfgang zu sorgen. Das ging aber irgendwie schief, denn auf einmal hatte ich ihn am Hals. Eigentlich war er mir ja egal, aber er redete wie ein Wasserfall. Immer wenn ich ihm was zeigte, folgte "bei uns wird das aber anders gemacht, das geht viel schneller" oder so ähnlich. Angeber. Das fanden die anderen in der Schule dann auch.

Ich entsinne mich noch sehr genau an einen Tag Anfang Februar 1945: In der Schule war gerade grosse Pause und wir machten eine Schneeballschlacht, als ein ganzer Schwarm Tiefflieger ankam. Ihr Ziel war ein Sanitätszug, der gerade die geschwungenen Gleise die Haar hoch dampfte. Wieder und wieder flogen die feindlichen Flieger einen Angriff auf den Zug, der nicht anhalten konnte, weil er sonst die Höhe nicht mehr geschafft hätte. Mittlerweile hatte der Lehrer die jüngeren Schüler in den Schulkeller geschickt. Aber wir vom 7. und 8. Schuljahr konnten das Geschehen vom Vorflur aus gut beobachten, bis der Zug über den Haarstrang hinweg gekeucht war. Was schlussendlich geschah, haben wir nicht sehen können, aber später erfahren, dass der Zug zwar getroffen worden war, aber noch bis Warstein weiterfahren konnte.

Frühjahr Mai 1945, Kriegsende

Wieder einmal gingen Gerüchte um, die beim Gespräch mit den Nachbarn in aller Munde waren. Der ehemalige Gauleiter von Westfalen-Süd, der Josef Wagner, hätte sich gegen Hitler gewandt. Er soll im Sommer letzten Jahres noch von der Gestapo verhaftet und jetzt in Berlin erschossen worden sein. Dabei war er doch von Anfang an bei der NSDAP dabei gewesen. Der hatte also kein Glück gehabt.

Mein Bruder Hansjosef dagegen hatte Glück im Unglück. Pech, weil er eingezogen wurde, aber Glück weil er in er Nähe, in Brilon blieb, und vor allem: heil nach Hause kam. Hansjosef konnte als Ausbilder in Brilon bleiben und musste nicht an die Front. In der Woche vor Ostern 1945 war seine Ausbildungstruppe gerade weg und die neuen noch nicht da. Er befand sich fast allein in der Kaserne, nur noch sein - einbeiniger - Ausbilder und die drei neuen Ausbilder waren da. Da gab's dann erst mal eine Runde Bier, wo sie den Ärger untereinander rauslassen konnten, weil sie Ostern Dienst hatten. Die neue Runde sollte am Ostermontag beginnen.

Dann kam es aber ganz anders. Am Gründonnerstag morgen begannen die Amerikaner ihren berühmten Kesselzug von Winterberg aus in Richtung Brilon. Sobald per Telefon die Warnung eintraf, leerte sich die ohnehin fast leere Kaserne innerhalb weniger Minuten. Man war ja vorbereitet, hatte die Berichte im Radio verfolgt. Hansjosef kannte nur ein Ziel: so schnell wie möglich nach Hause.

Die fünf Ausbilder aus Brilon schnappten sich jeder eine Decke, holten sich noch Brot und Kekse aus der bereits verwaisten Küche und machten sich dann auch auf den Weg in die Wälder. Rings um Brilon gibt es jede Menge Wälder, kleine Täler und in den Nadelwäldern konnte man sich gut unsichtbar machen. In der gleichen Nacht versteckten sie sich in einer Waldhütte. Wieder war unbezahlbares Glück dabei: zwei der Kameraden waren aus Rüthen und kannten den Wald Richtung Warstein wie die berühmte eigene Westentasche. Am nächsten Tag schlichen sie sich gemeinsam zu Fuss durch das Bibertal bis Rüthen und konnten so dem ersten Kesselzug der Amerikaner entkommen. Anschliessend trennten sie sich.

Hansjosef zog alleine weiter über die Haar, wo er sich bestens auskannte. Diesmal musste er allerdings an den ehemaligen Kameraden vom Wehrertüchtigungslager vorbei schleichen: diese waren dabei, die Brücken im Möhnetal zu sprengen.

Da stand er Karfreitag Nachmittag auf einmal da. Heil zu Hause, wenn auch unerlaubt. Er kam durch die Deele in die Küche, vorsichtig durch die Türöffnung spähend. Wegen der vielen Leute, die in Küche und Stube ihren Muckefuck tranken und sich ein wenig bang ausmalten, wann die Amis wohl kommen würden, sah und hörte ihn erst niemand. Die Mutter hatte aber einen Schatten gesehen und aufgesehen.

Erst als sie laut "Hansjosef, wo kommst du denn her?" rief, merkten auch wir anderen, dass er da war. "Mein Gott, Junge, wo kommst du denn her?" Und dann erzählte er uns, wie er hierher gekommen war. Vater war sehr beunruhigt: "Desertiert bist du! Weisst du, was das heisst?" Und dann fragte er gleich: "Hat dich einer gesehen?" Noch bevor Hansjosef Gelegenheit hatte zu antworten, schickte Vater ihn nach oben, die Uniform auszuziehen. In der Zeit, in der er oben war, wurde überlegt, was wir den Nachbarn sagen würden, warum Hansjosef da war. Aber da gab es nichts zu sagen. Jeder würde wissen, dass er nicht hier sein dürfte. Das bedeutete, er musste sich verstecken. Vom Haus zum Stall, das ging, aber nicht über den Hof und nicht nach draussen auf die Felder. Das ging zwar allen, wenn auch aus verschiedenen Gründen, gegen den Strich. Aber eine andere Lösung gab es nicht.

Wenn wir nur gewusst hätten, wie lange der Krieg noch dauern würde. So mussten wir einfach abwarten und hoffen, dass es nicht mehr lange dauern würde. Vater nahm die Uniform und die Waffe und verschwand, sie zu begraben. Wo er das gemacht hat, hat er nie gesagt. Er war klug genug zu wissen, dass die Jauchegrube zwar ein gutes Versteck war, aber bei Verdacht als erstes durchsucht werden würde. Abends sassen wir alle lange zusammen, mehr um dieses unheimliche Gefühl der Spannung, die in der Luft lag, in den Griff zu bekommen, als um wirklich zu reden.

Ja, und mit dieser Aufregung hinter uns haben wir auf die Amerikaner gewartet. Auch hier im Dorf hatten wir im Volksempfänger schon gehört, dass sie kamen. Überhaupt, hatte es in letzter Zeit viele Veränderungen gegeben. Bis zur Hauptstrasse Lippstadt/ Warstein war es nicht weit. Dort zogen lange Schlangen von Fussgängern vorbei, mit Gepäck oder ohne, schon seit Tagen.

Viele von ihnen kamen auch zu unserem Hof und fragten nach Essen oder auch mal Übernachtung. Uns Kindern wurde gut eingeschärft, aufzupassen, dass keiner unbemerkt ins Haus kam. Vater und jetzt auch Hansjosef hielten sich möglichst in der Nähe auf, und auch die Leine der Hunde wurde verlängert, so dass sie die ganze freie Fläche zwischen Remise und Haus abdecken konnten. Wer etwas wollte, musste an der Küchentür klopfen. Mutter hatte für jeden, der klopfte, etwas Essbares bereit, meist Suppe, die köchelte den ganzen Tag auf dem Herd und konnte beliebig mit Wasser gestreckt werden. Für den Fall, dass Frauen und Kinder klopften, die ja meist kein Geschirr bei sich hatten, schnitzten wir abends Suppenteller und Löffel aus Holz. Denn in der Regel hiess es wirklich: einmal gegeben, nie mehr gesehen. Ich schnitzte gerne und konnte mich damit auch ablenken.

Jetzt kamen also die Amis. Welche eine Aufregung im Haus. Wertsachen hatten wir ja keine. Vater und Mutter überlegten noch lange, ob sie Lebensmittel verstecken sollten. Aber dann blieb alles an seinem Platz und die Tiere wurden versorgt, wie jeden Tag. Hansjosef wurde permanent an sein Versprechen erinnert, sich nur in Haus und Stall aufzuhalten. Wir kannten das Risiko, aber die Eltern wären nie auf die Idee gekommen, ihn wieder wegzuschicken. Das war viel zu gefährlich: es wimmelte nur so von alten Menschen, Frauen und Kindern unterwegs auf den Strassen. Nicht, dass diese selber gefährlich waren: aber ein junger wehrfähiger Kerl dazwischen wäre sofort aufgefallen.

Die Befreiung

Dieses Kapitel könnte auch die Völkerwanderung heissen. Unsere Gegend ist bekanntermassen ruhig und nicht dicht bevölkert. An diesem Osterwochenende waren aber sehr viel mehr Menschen unterwegs als sonst an Osterprozessionen teilnahmen, und das war normalerweise die ganze Bevölkerung.

Von Süden her kamen die Amerikaner mit ihren Panzern auf uns zu: wir hörten sie schon Kilometer vorher. Gleichzeitig waren deutsche Soldaten unterwegs, die über 8000 Russen in einem mehrtägigen Marsch von Dortmund nach ,was-weiss-ich-wohin' bringen sollten, vor dem amerikanischen Kessel her. Wie viele es waren, erfuhren wir natürlich erst später.

Nun, zu spät. In der Nacht von Samstag auf Sonntag übernachtete ein Teil dieser Menschenmenge im Dorf und in der Umgebung, so leise wie Männer überhaupt nur sein können. Morgens ganz früh marschierten sie weiter. Als sie ungefähr auf Höhe der Spitzen Warte bei Rüthen merkten, dass der Kessel schon zu war, hiess es "zurück Marsch Marsch". Gegen Abend verkrochen sie sich wieder in den Scheunen bei uns im Dorf.

Es lag Spannung in der Luft. Wir hören Panzer schiessen, sahen, wie die Traube Menschen durch das Dorf zog, Hansjosef war da und durfte es nicht sein, der Vater hatte mittlerweile den Auftrag erhalten, Panzersperren zu bauen, wir mussten das Haus vor Plünderungen schützen, ebenso die Remise und das Vieh im Stall bewachen. Wir waren alle unruhig. Aus seiner Zeit in Frankreich wusste der Vater, wie sinnlos der Bau von Panzersperren sein würde. Er sprach mit Onkel Hubert und mit den Nachbarn und sorgte vielmehr dafür, dass überall weisse Tücher die Kapitulation des Dorfes signalisierten. Ein Betttuch brachte er selber zusammen mit dem Küster gut sichtbar auf dem Kirchturm an.

Und dann wurde es ernst. Am Ostersonntag kamen die Amis dann wirklich. Schon von weitem hörten wir die Panzer kommen. Sie besetzten erst mal das Dorf. Auf den Hof fuhr erst ein Panzer, danach ein Jeep. Wir standen alle vor dem Haus, und die Männer hatten sich auf den Boden gesetzt. Das hatte der Vater so angeordnet, damit ganz klar, dass von uns keinerlei Feindseligkeit zu erwarten war. Unser Hof wurde ihr Hauptquartier in Bu., wohl weil sie von uns aus die Hauptstrasse beobachten konnten, aber sicher auch, weil unsere Hofburg einigermassen Schutz bot und sich gut bewachen liess.

Die hintereinander liegenden Ställe waren über 40 m lang und 15 m breit. Und vor allem war die Aussenwand aus Bruchstein und war mindestens einen halben Meter dick. Im Winter wie im Sommer war es deswegen von den Temperaturen gut erträglich darin. Ebenfalls aus Stein waren die Mauern der Futtertenne, der Knechtestube (im Pferdestall) und der Futterküche.

Direkt am Haus, durch die Futterküche zu erreichen, befand sich der Schweinestall, mit noch einem separatem Eingang vom Hof, mit 10 Boxen. In letzteren war Platz für mindestens 4 Sauen und auch eine Reihe von "Fickeln", sicher 40 - 50 Läufer- und Mastschweine. An den Schweinestall schloss sich die Miste an und ihr gegenüber die Ställe für die 12 - 15 Kühe. Jungvieh und Kälber waren an der Stirnseite, gegenüber der Miste, untergebracht. Das hiess, die Mistkuhle war in der Mitte und rings herum von Vieh umgeben, dessen Dreck sich so leicht in die Miste befördern liess. Logistisch ganz clever gelöst und es stank auch gar nicht so stark, weil hier eigentlich immer offen war.

Die Reihe der Milchkühe, neben der Miste und auch mit separatem Eingang vom Hof, grenzte an die Futtertenne, durch eine Steinwand getrennt. Hinter der Futtertenne kam der Pferdestall. In diesem befand sich noch ein quadratischer Raum, der Aufenthaltsraum der Knechte, in dem gleichzeitig aber auch die Pferdegeschirre hingen. Durch die Tür zum Hof wurde auch der Pferdemist auf den Misthaufen hinter der Scheune entsorgt.

Schutz bot die Hofanlage einerseits, anderes denke ich heute, dass es eher eine Mausefalle war. Ein Schuss aus einem Panzer, und alles wäre weg gewesen.

Die Futtertenne, praktisch zwischen Pferde- und Kuhstall liegend, ermöglichte es, alle Tröge und Futterdämme leicht zu versorgen. Das war die eine Seite des Hofs, gegenüber war ja die Remise, an der einen Seite die Scheune und der gegenüber wieder das Haus. So gab es nur zwei Durchgänge, die leicht zu bewachen waren.

Die Amis staunten nicht schlecht, als sie alle Scheunen ringsherum in Bu. und den Nachbardörfern voll fanden. Voll mit Menschen. Auch unser Hof und vor allem die Ställe und die Scheune wurden auf das Sorgfältigste durchsucht. So wurden zuerst einmal die Russen "befreit", und die Deutschen gefangen genommen: Der Unterschied zu vorher war, dass alle satt zu essen bekamen. Denn Schmacht (= Hunger) hatten sie, Russen wie deutsche Soldaten, gleichermassen. In den nächsten Tagen wurden im Dorf sicher über 500 Schweine und eine Menge Kühe geschlachtet, grosszügig von den Amis verteilt. Feuer brannten überall, Fleisch wurde in allen denkbaren Varianten gegrillt und zubereitet und eine Menge Korn gesoffen. Passiert ist aber meines Wissens sonst nichts.

„Funkens" Glückssträhne hielt an. Unser Hof wurde zum Headquarter, deshalb durften auch keine Russen in der

Scheune bleiben. "Unsere" Russen wurden woanders hin geschickt. Wir waren vermutlich der einzige Hof, der in dieser Nacht nur einen einzigen Schinken an einen besonders gierigen Südstaatler verlor, als dieser das Gebäude nach Waffen durchsuchte. Ich weiss nicht mehr, wer behauptete, dass dieser Soldat aus dem Süden der USA kam. Aber auch später sprachen wir immer vom "Südstaatler", wenn wir die Geschichte erzählten. Wir besassen Werkzeuge, aber keine Schusswaffen. Der "Schinkendiebstahl war uns wurscht", wie Mutter ganz erleichtert später intonierte.

Dummerweise wurden natürlich auch Marcel und Winfried ,befreit' und auch die Marianne, die erst mal nach Mühlheim ins Sammellager für ehemalige Kriegs-gefangene kamen. Einer, ich glaube es war Wilfried, kam einige Monate später auf dem Hof zu Besuch vorbei und erzählte, dass es ihnen bei uns besser ergangen sei als im Lager.

Mutter hatte uns zwar verboten, den Hof zu verlassen. Aber wir mussten uns doch die Panzer genau anschauen! Wir hatten noch nie einen aus der Nähe gesehen. Alfred und ich trafen uns an der Wand zwischen unserer Remise und Schenkenhof. Er hatte von einem der Amis eine Zigarette geschenkt bekommen. Einem Schwatten! Den hatten wir auch schon gesehen: der hatte ganz grosse Kulleraugen und eine tiefe Stimme. Wann immer ich ihn sah, musste ich ihn einfach anstarren. Die dunkle Haut und die weissen Zähne, das sah so seltsam aus. Alte Dorfbewohner hatten auf oft dunkle, sonnenverbrannte Haut, aber die war braun und die Zähne leuchteten alles andere als weiss.

Einige der Amis versuchten, mit uns zu reden. Aber wir verstanden damals ja kein Englisch. Eigentlich keiner im Dorf. Was ,Tschuinggam' war, hatten wir aber schnell raus. Scheiss Kaugummi, der klebte ja nur an den Zähnen. Warum die alle so wild darauf waren, habe ich nicht kapiert.

Nach drei, vier Tagen zogen die Amis weiter. Sie nahmen die gefangenen deutschen Soldaten, die Russen und die ehemaligen Kriegsgefangenen mit. Danach war das Dorf erst mal wie ausgestorben. Jeder machte eine Bestandsaufnahme, was ihm fehlte. Erleichterung breitete sich aus. Die wenigen Männer kamen zusammen, während die Frauen die Nachbarinnen besuchten. Auch Hansjosef versteckte sich nicht mehr, sondern erzählte vielmehr allen seine Geschichte.

Alfred und ich waren eigentlich überall gleichzeitig. Wir lauschten, was da so erzählt wurde, wir guckten uns den liegengebliebenen Jeep an, durchsuchten die Scheunen, wo die Amis kampiert hatten und erzählten uns gegenseitig, was so alles passiert war. Das waren eigenartige Tage. Am gleichen Tag, als die Amis abrückten, kamen die ersten Landser vorbei. Vielen von ihnen bei Dunkelheit.

Das kam nicht ganz von ungefähr: denn so klein unser Dorf auch ist, es liegt genau an der Kreuzung zwischen dem Hellweg nach Paderborn, über den schon die Römer seinerzeit durch Gallien gezogen sind, und dem Haarweg nach Soest bis hin zum Ruhrgebiet. Wer keine Karte hatte und querfeldein der Himmelsrichtung nach marschierte, nahm diese natürlichen Anhaltspunkte oder Landmarken, um, möglichst unentdeckt, seinen Weg nach Hause zu finden.

Ernte nach Kriegsende

Im Frühjahr hatte der Vater noch zusammen mit Marcel und Winfried gesät und gepflanzt. Sozusagen auf eigene Gefahr hin: Wer auf dem Trecker sass, hörte bei dem Lärm keinen Tiefflieger ankommen. So war ein weiterer Job für die jüngeren entstanden: Eine ging immer mit aufs Feld, sass am Feldrand und rannte sofort los, den Vater zu verständigen, wenn ein Flieger kam. Keiner weiss mehr, wie oft der Vater den Trecker stehen liess und sich halsüberkopf mit der Schwester im Graben versteckte. Die Maschine blieb stehen, wurde aber nie getroffen.

Ein Nachbar, dessen Kinder aus dem Haus waren, hatte nicht so ein Glück und wurde an einem Tag tatsächlich beschossen, überlebte aber leichtverletzt. Worauf der Vater nur trocken meinte, das wäre doch ein Grund, sich noch mehr Kinder zuzulegen. Es ging ja auch nicht um einzelne Trecker, klar. Das Ziel der Angriffe waren die Züge der WLE, die wegen der Steigung nur langsam die Haar hochklettern konnten. Bei einem der letzten Angriffe wurden zwei Pferde getroffen. Das war ein schwerer Verlust für den Besitzer.

Ja, so war der Krieg nun zu Ende und die Leute waren ganz froh darüber. Allerdings standen wir von einem Tag auf den anderen ohne die Hilfe von Marcel und Winfried da. Wenigstens kam die Marianne, die mit den anderen Polen nach Waldhaus ins Kloster gebracht worden, noch regelmässig vorbei und half im Haushalt. Aber das reichte trotzdem nicht ganz. Offiziell waren wir nun drei Personen weniger, aber "zig" Köpfe mehr, die Hunger hatten. Dazu kamen die Scharen von Landsern, die auf dem Rückweg waren und von denen täglich mehrere anklopften und um Essen baten.

Da wurden wir fünf Ältesten dringender denn je auf dem Hof gebraucht. Auf einmal mussten wir die Arbeit von drei erwachsenen Männern machen. Onkel Hubert konnte zwar im Stall helfen, aber nicht draussen auf dem Feld. Seine Frau war für diese Art Arbeit auch nicht kräftig genug. Sie unterstützte die Mutter und die Zwillinge aber nach besten Kräften in der Küche und im Stall.

Das war eine Maloche. Vergessen werden wir diesen Sommer und Herbst wohl nie. Die Schule fiel so manches mal für uns aus, und Lehrer Kuhn hatte Verständnis. Für Städter war dieses Jahr bekanntermassen hart, weil sie zu wenig Nahrungsmittel hatten. Wir hatten gerade genug, aber die Mädels und die Mutter waren teilweise mit der Arbeit überfordert. Nicht zu vergessen, Maria war zu der Zeit noch ein Baby von wenigen Monaten und Margret war erst sechs und Christine acht Jahre alt, die mussten versorgt werden. Vater klagte nie, und ich strengte mich an, so zu sein wie er.

Weiter geht's

Diese Nachkriegsjahre sind die Zeit, die ich am intensivsten erlebt habe: ich war gerade 12, als der Krieg aus war. In einem wichtigen Teil meines Lebens war Krieg gewesen und ich kannte eigentlich gar keine Normalzeiten. Oder umgekehrt: alles war für mich normal. Viele Dinge sind mir darum auch nicht speziell im Gedächtnis. Was nach dem Krieg wieder normal wurde, war für mich eine reguläre Weiterentwicklung. Das Leben war umständlich, weil so viel rationiert war und Ersatzteile nur schwer zu beschaffen. Wie zum Beispiel das ehemals konfiszierte Teil der Zentrifuge.

Geld für Einkäufe hatten wir nie gehabt (unser Motto nicht vergessen!), also regte uns auch das reduzierte Warenangebot im Krieg nicht auf. Gut, es war mühsam Schuhe für die Kinder zu bekommen. Aber da kam unsere Mutter wieder zu Einsatz und irgendwas brachte sie von ihren "Hamster-/Einkauf-/Tausch-Tripps" immer mit. Dabei halfen ihr Humor, aber vor allem auch ihre Schlagfertigkeit.

Zur Abwechslung kamen zur Zeit zwei bis drei Mal im Jahr Täubchen auf den Tisch. Unter dem Dach des Wohnhauses war, seitdem der Boden nicht mehr für Heu gebraucht wurde, ein Taubenschlag. Das heisst, sie hatten freies Logis, wir fütterten sie nie, sondern machten am Taubenfangtag das Fenster über der Deele zu. Die Tauben verloren dadurch sehr schnell die Orientierung und liessen sich leicht fangen. Wir drehten etwa 20 von ihnen den Hals um. So viel brauchten wir schon für uns alle. Daraus wurde dann teilweise Suppe gekocht, teilweise wurden die Vögel auch gebraten; eine Abwechslung im Speiseplan, die wir sehr gerne mochten.

Die Mutter nahm mich übrigens besonders gerne bei ihren Einkaufsfahrten mit. Nicht, weil sie mich so gern hatte (ha, ha), aber ich hatte ein unschlagbares Plus: Hansjosef hatte nie Zeit, er musste arbeiten. Nach der Kapitulation konnte er offiziell zwar wieder zu Hause sein, aber er konnte sich nicht so schnell wie wir anderen an seinen freien Status gewöhnen. Wenn Mutter eines der Mädels mitnahm auf ihre Fahrt, gab es Streit, weil dann auch alle anderen mitwollten. Mich konnte sie als neutralen Träger jederzeit mitnehmen. Kinder unter 10 Jahren kosteten in der Bahn nur die Hälfte. Je nach Finanzlage hat sie mich dann auch schon mal animiert, unter 10 Jahren alt zu sein. Was nicht leicht war, ich war ziemlich gross für mein Alter.

Anfangs wurden im Dorf viele ausgebombte Städter einquartiert. Allerdings nichts auf unserem Hof, der war wohl schon zu voll. Onkel Hubert und seine Familie blieben nicht mehr lange, sie zogen noch im gleichen Jahr, gut mit Proviant versorgt, zurück nach Lünen.

Aber erst, nachdem der Sohn, der Wolfgang, sich noch ein dickes Ding geleistet hatte: In der Küche stand bereits der Krug mit dem Bier für den Samstagabend. Als keiner aufpasste, nahm er Brotstücke, tauchte sie in das Bier und fütterte anschliessend, aus dem Fenster der Stube gebeugt, damit die Hühner. Bis das Bier leer war. Das machte ihm Spass, das machte den Hühnern Spass. Den Erwachsenen nicht. Denn anschliessend lagen viele Hühner regungslos und völlig besoffen auf der Erde, mitten im Weg, so dass der Kutschwagen auch noch zwei mitnahm. Ilse, die fuhr, musste ja davon ausgehen, dass die Hühner wegfliegen würden. Der Zustand der Tiere hielt fast zwei Tage an, danach gab es weitere drei Tage fast keine Eier. Und damit keinen Sonntagspudding! Das gab ein Donnerwetter. Jeder schrie und schimpfte mit Wolfgang, so dass er mir am Ende sogar fast leid tat. Fast, denn den ausgefallenen Pudding konnte ich ihm nicht zu schnell verzeihen. Immer diese Rothaarigen.

Dumm war, dass mit ihnen auch die beiden Fahrräder wieder verschwanden. Denn die hatten wir super gut gebrauchen können. Das einzig gute: Onkel Hubert hatte uns ein Ersatzventil dagelassen. Dummerweise war aber das Gummi von beiden Reifen unseres Fahrrads so brüchig geworden, dass wir trotzdem nicht damit fahren konnten. Da waren zwei neue Reifen fällig und die gab's natürlich zur Zeit nirgends. Also hiess es weiter, Pferd oder Fuss. Und wir waren nicht die einzigen.

In den ersten zwei Jahren, als ausser den Bauern alle nur auf Bezugsschein einkaufen konnten, zogen viele Belecker und Warsteiner mit Bollerwagen zu Fuss über Land und tauschten bzw. kauften Lebensmittel. Mit Vorliebe kleine ‚Fickel', die sie selber mästen und schlachten wollten. Vater war zu dieser Zeit gut vorbereitet: wir hatten mehr Sauen als sonst und haben auch zusätzliche Kälber aufgezogen, um sie als tragende Rinder an den Viehhändler Dräkerer zu verkaufen. Vor allem aber gab es Flüchtlinge, mehrheitlich aus dem Osten. Ein dritte Kategorie zog vorbei, die am meisten Kopfzerbrechen machten: die Hamsterer.

Nachdem einige Tage die Schule ausgefallen war, ging es jetzt wieder los. Zu unserem Schrecken musste Lehrer Kuhn wegen des Hitlergrusses, zu dessen Einhaltung er von den Nazis verpflichtet worden war, ein paar Wochen zur Entnazifizierung. So erkläre es uns Frau Greter, die seine Vertretung machte. Gerade in dieser Zeit, als er nicht zur Verfügung stand, wuchs die Zahl der Schüler von 30 auf sicher 60 wegen der vielen Evakuierten und Flüchtlinge. Allein bei dieser Zahl war ein Unterricht schon kaum möglich und ich erinnere mich, dass die Stellvertretung von Herrn Kuhn überhaupt nicht zurecht kam. Wir waren froh, als Herr Kuhn wieder da war.

Statt der gewohnten 30 Schülern waren wir auf einmal also mehr als doppelt so viele. Für die Neuen wurden an den Seiten und in den Ecken Tische und Stühle aus unbekannter Herkunft zusammengezimmert. Aber ein Unterricht war unter diesen Bedingungen und mit den vielen unterschiedlichen Wissensständen nur rudimentär möglich. Da wir keine Bücher hatten, waren wir schwer damit beschäftigt, die Städter zu ärgern bzw. ihnen gleichzeitig zu zeigen, wie toll wir waren. Herr Kuhn konzentrierte sich auf Geschichte, Biologie und Heimatkunde, da konnten alle gleichzeitig zuhören.

Nach und nach kehrten die Städtischen zurück nach Hause. Es war fast wieder wie vorher: ruhig, vielleicht ein paar Maschinen mehr als früher und ein paar Flüchtlinge aus dem Osten, die geblieben waren. Das waren meist die einzigen Mieter im Dorf, alle anderen wohnten noch in der Grossfamilie auf dem Hof.

Wir hatten wie immer genug zu essen und konnten auch viele Nahrungsmittel anstatt gegen Geld gegen Leistungen tauschen. Im Tausch gegen Frühkartoffeln baute uns ein Installateur eine Wasserleitung, die nach oben führte zu den Schlafzimmern: Ab sofort konnten wir uns morgens oben im Flur waschen. Höchst willkommen von uns, obwohl das Wasser natürlich nur kalt war. Welch ein Luxus, sich mehr nicht in der Küche oder im Stall waschen zu müssen. Für die Mädels meine ich. Uns Jungs war das egal. Das Plumpsklo musste allerdings bleiben, bis eine Abwasserversorgung verlegt worden war.

Ernte 1946

Dieses Jahr war eine erfolgreiche Ernte wichtiger denn je. Zur Erntezeit musste das Getreide - erst einmal ungedroschen - in die Scheune gebracht werden. Wir waren dabei alle zusammen im Einsatz. Das von den Mähbindern geschnittene und zu Garben gebundene Getreide musste erst mal trocknen, sonst würde es sich bei der Lagerung in der Scheune erwärmen und verderben. Oder noch schlimmer: es könnte sich selber entzünden und so zu einem Brand führen. Um möglichst schnell zu trocknen, wurde die Garben zu "Richten" aufgestellt. Das heisst, ca. 10 Stück wurden schräg gegen 10 weitere gelehnt, so dass der Wind gut durchkam. Das sah ähnlich aus wie ein kleines Zelt. Nur bei ganz gutem Wetter liessen wir sie 4 - 5 Tage am Boden liegen, drehten sie einmal um und dann "sammelte" jemand, meist Hansjosef, sie auf und stakte sie auf den Wagen.

Die Pferde davor gingen allein und nur auf Kommando hin weiter. Unsere Mädels waren auf dem Wagen und mühten sich, die heranfliegenden Garben geordnet zu packen, damit sie auf dem holprigen Weg zum Hof nicht herunterrutschten. Unterdessen brachte der Trecker einen neuen, zweiten Anhänger. Die Pferde wurden umgespannt, dann fuhr der Trecker den vollen Wagen zur Scheune.

Hier war der dritte und letzte Wagen inzwischen abgeladen worden, von einem kräftigen Mann, 1 - 2 Mädels und einem Packer innerhalb der Scheune. Letztere Aufgabe übernahm der Vater meistens selber. Der leere Wagen wurde aus der Scheune geschoben, dann zog der Trecker den neuen hinein. Anschliessend brachte er den leeren Wagen wieder zum Feld. An einem Tag konnten so 8 - 12 Wagenladungen zur Scheune gebracht werden.

Jeder der laufen konnte, half: für jeden gab es eine passende Aufgabe. Während gemäht wurde, passten die jüngeren draussen auf dem Feld besonders gut auf, damit die Maschine immer genügend Wendeplatz hatte. Das galt vor allem auch, wenn durch den Wind Teile der Ähren schräg wuchsen oder sogar am Boden lagen.

Zwischenzeitlich war meistens ich mit dem Trecker unterwegs: es war meine Aufgabe, den vollen Leiterwagen vom Feld zu holen und dafür einen leeren wieder dort zu lassen. Diese Getreideladungen waren ziemlich schwer. Darum mussten sie zum Abladen gleich in die Scheune gefahren werden. Leider hatte unsere Scheune aber nur ein Tor, darum wurden die Wagen von hinten mit dem Trecker hineingestossen. Als einfaches Hilfsmittel wurde zwischen Trecker und Wagen eine stabile Holzstange gehalten. Einer packte vorne die Deichsel und dirigierte die Richtung.

Einmal war so viel aufgeladen, dass der Packen nicht durch die Tür passte: Da passierte das Unglück, dass ich nicht schnell genug die Kupplung trat und der Trecker sich drehte und der Vater zwischen Trecker und Wagen geriet: Ein gebrochener Arm (wieder einmal) bedeutete den Ausfall seiner physischen Hilfe beim Rest der Ernte. Gott sei Dank waren wir Kinder diesmal grösser und kräftiger als beim letzten Unfall und konnten gemeinsam ausreichend einspringen. Ich strengte mich natürlich besonders an, weil es mir ja auch besonders leid tat. Nicht, dass er mich geschimpft hätte; das war nicht seine Art.

Aber zurück zur Ernteeinfuhr: Sobald der Wagen mit den Kornbündeln in der Scheune war, musste intelligent abgeladen werden. Wie schon gesagt, war unsere Scheune ja immer randvoll. Es galt die verschiedenen Arten von Getreide von einander zu trennen. Das hiess, man musste sehr genau packen und stapeln, damit möglichst viel hinein ging. Diese Aufgabe übernahm am liebsten der Vater, er konnte sie auch am besten. Wieder der gleiche Ablauf: Ein Mann lud ab, zwei der Mädels reichten die Garben an (praktisch, wenn so viele Mädels zur Verfügung stehen) und Vater packte. Das war für alle Beteiligten Knochenarbeit. Geholfen hatten dabei im Krieg noch August, Marcel, Winfried und Marianne. Jetzt machten wir es selber, nur noch von ein oder zwei Arbeitskräften unterstützt. Einer war der Erich Graufeld, ein sehr netter Ostpreusse, der seine Heimat verloren hatte und nach dem Krieg in Bu. hängen geblieben war. Der sprang jetzt auch für den Vater ein. Er war bei uns und auch im Dorf allgemein sehr beliebt und liess sich später auch für immer hier nieder, mit einer Frau aus dem Dorf.

Das Dreschen selber passierte immer im Herbst und Winter, und so würde es auch dieses Nachkriegsjahr ablaufen. Dazu waren wieder alle, die anfassen konnten, dabei, zusammen mit drei oder vier Nachbarn. Nach etwa vier Wochen würde jeweils das Stroh und Futtergetreide auf dem Boden oberhalb der Tiere aufgebraucht sein und wir würden Nachschub benötigen. Dann würde der Vater den Drescher bestellen, einen Maschinenmeister samt seiner Maschine. Das war ein Riesendingen und so schwer, dass zwei Pferde Mühe hatten, es zu ziehen. Ich weiss noch: besonders wenn Schnee und Eis lag, hatte jeder einen Horror davor, das Dingen mit den Eisenrädern über die Strasse zu ziehen.

Der "Maschinist" stellte nach erfolgreicher Anreise die riesige Maschine mitten in unserer Scheune auf und liess sie laufen. Die Garben, die vorher gestapelt worden waren, mussten nun auf den Dreschkasten gebracht werden. Ein weiterer Mann reichte die Garben weiter zur Maschine, schnitt die Bündel los und fütterte dann damit die Maschine. Die Strohpresse presste das Stroh zu Bündeln. Diese mussten dann von einem über den Hof getragen werden zur Viehscheune. Ein weiterer Mann stand bereit, das Heu auf den Boden zu hochzustaken.

Auf dem Boden waren die nächsten zwei Personen parat: Einer reichte die Bündel weiter, der zweite stapelte sie sorgfältig. Für das gewonnene Getreide wurden Kornsäcke unter die Maschine gehängt. Ein Dreschen ergab immer ca. 100 Säcke à ca. 1 DZ. Die gefüllten Säcke, die verkauft werden sollten, wurden gewogen und Getreide ergänzt bzw. wieder entnommen, bis sie die standardmässigen zwei Zentner aufwiesen. Von der Waage zogen wir die Säcke auf den kleinen Aufzug an der Maschine, der fuhr den jeweiligen Sack hoch. Statt Vater stellte sich diesen Winter nun der Erich davor, packte sich den Sack auf die Schulter und belud damit den Wagen, der die Säcke zum Getreidehändler brachte. Die wir behielten, trugen wir - wir hiess in diesem Fall der Erich - mühsam nach oben auf die Kornbühne, oberhalb der Remise.

Den ganzen Tag schon leisteten alle harte Knochenarbeit, aber das war die schwerste! Ich staunte jedes Mal aufs Neue, wenn sich der Vater – oder diesmal eben der Erich - einen solchen Sack, der fast so gross war wie er, auf die Schulter lud und langsam, mit breitem Schritt die Treppe hoch trug. Weder Hansjosef noch ich konnten das Gewicht tragen. Schlimm wäre es aber auch gewesen, wenn Vater sich in der benötigten Menge verschätzt hätte und nicht genügend Reserve bis zum nächsten Sommer geblieben wäre!

So ein Maschinenmeister hatte es eigentlich gut: er hatte in einem Dorf meist eine ganze Woche oder sogar zwei am laufenden Meter zu tun. Dabei ass er jeweils bei der Familie, die gerade drosch. Wegen der harten Arbeit und des Gastes gab sich dann jeder Haushalt Mühe, besonderes reichhaltiges und kräftigendes Essen auf den Tisch zu bringen, wie zum Beispiel Grünkohl mit Speck. Der

Meister konnte auch Pech haben und jeden Tag in der Woche Grünkohl mit Speck erwischen. Trotzdem, das mit dem Essen war gut. Vielleicht sollte ich auch mal Maschinenmeister werden? Während des Krieges hatten sich seine Frau und seine beiden Töchter bemüht, seine Aufgabe zu übernehmen. Alle waren wir jetzt froh, dass er selber wieder heil und unverändert kräftig aus dem Krieg zurück gekommen war. Als er erstmals 1946 wieder erschien, begrüssten wir ihn auf das herzlichste. Eben auf westfälische Art: "Hallo, geht's gut? Möchteste erst einmal frühstücken?"

Dieses Weihnachten werde ich nie vergessen: Ich bekam eine Ziehharmonika geschenkt! Ein unglaubliches Geschenk. Wieder war es Mutter gelungen, ein Schnäppchen zu machen. Diesmal während eines Hamsterkaufs in Warstein. Spielen konnte ich nicht, aber ich war zu zuversichtlich jemanden zu finden, der es konnte. Vielleicht sollte ich einmal Lehrer Kuhn fragen. Irgendwie gab es jedes Jahr reih um für einen von uns immer etwas Besonderes. Es war ein tolles Geschenk, aber vermutlich auch das nutzloseste, was jemals in unserem Haus weitergegeben wurde. Es gelang mir zwar, Fingerstellungen zu erlernen, aber Gefühl und Stimme kamen immer noch nicht vorbei, ich bliebt wie der Rest der Familie unmusikalisch. Es wäre so schön gewesen, wenn wir zu meiner Musik hätten tanzen können!

Aber es war schön, quasi sanktioniert wieder Dummheiten machen zu können, denn auch die Erwachsenen sehnten sich, glaube ich, nach lustiger Abwechslung. Wie zum Beispiel in der Walburgisnacht. Das gab ein Fez!

Gruppenweise zogen wir spätabends bis Mitternacht durchs Dorf und hängten die Gartentore aus. Die leichteren haben wir auch gegeneinander ausgetauscht, braun zu weiss gesteckt und alt zu neu. Die grossen schweren Türen wurden im Gebüsch versteckt. Neben unserem Trupp war später noch eine kleine Zweiertruppe unterwegs, der aus allen Ställen die Melkschemel holte und irgendwo auf dem jeweiligen Hof versteckte. Das gab ein grossartiges Geschrei am nächsten Morgen von allen Seiten! Albert und ich (Sie ahnen es, die Zweiertruppe) waren extra früh aufgestanden. Wem der Schemel fehlte, der war zu Recht sauer: Schon mal versucht, im Knien eine Kuh zu melken? Da half nichts, alle Hofbewohner mussten mit auf Suche.

Wir schwiegen eisern, um uns nicht zu verraten. Trotzdem wusste die Mutter wieder mal Bescheid, weiss der Kuckuck woher. Sie meinte aber nur: „Heinzfriedel, du scheinst ja heute besonders kräftig zu sein, meinst du nicht auch, dass du heute bei der Wäsche helfen könntest?" Ihre besondere Betonung sagte alles. Blöder Tag. Aber den Spass war es wert!

Der Nationalsozialismus in Bu.

Natürlich war der Vater in der Partei gewesen. Zumindest stand sein Name auf der Liste und er besass eine entsprechende Jacke, das einzige seiner Kleidungsstücke dass er meines Wissens nie getragen hat. Die Mitgliedschaft war unerlässlich, wollte man an der gerechten Verteilung von Saatgut profitieren und Erntehelfer bzw. Kriegsgefangene als Helfer zugeteilt bekommen. Vater trat 1936 ein, gerade als wir nach Bu. zurückzogen: Nur so bekam er auch sofort juristische Beratung, als es um die Umsetzung des Reichserbfolgegesetzes ging und die Auszahlung des Erbes an die Brüder und Schwestern geregelt werden musste. Ansonsten lebte er sein Leben und war nicht aktiv an den Plänen der Nazis interessiert.

Und die Nachbarn? Natürlich verfolgten wir gemeinsam die Politik, aber wichtig war für uns, wie hoch die Abgaben waren und welche Einschränkungen zu erwarten waren. Trotzdem mussten auch wir uns an die geltenden Auflagen, wie z. B. Verdunklung halten

Offiziell gab es für die Mädels den BDM ab zehn Jahren. Aber in der Richtung fand im Dorf nichts statt. Niemand hatte Zeit oder auch Lust dazu. Ilse, Louise und Roswitha waren zwar nominell erfasst, aber sie hatten noch nicht einmal Uniformen. Hansjosef und ich als HJ'ler hätten profitieren können: die langen Hosen der Arbeitsuniformen waren höchst praktisches Gut. Für uns leider unerschwinglich. Wozu die Mitgliedschaft also gut war, leuchtete uns deswegen nicht so recht ein.

Das 1. Schützenfest nach dem Krieg

Wie bereits Roswitha ging auch ich ab Herbst 1946 zur Aufbauschule nach Rüthen. Wir beiden wurden vom Vater extra früh geweckt, der noch ein wenig früher aufstand als gewöhnlich und das Wasser auf dem Herd heiss machte, so dass wir wenigstens etwas trinken konnten, bevor wir aus dem Haus stürzten. Der Zug fuhr schon um 6.00 Uhr ab Bahnhof Bu.. Das war im Nachkriegsjahr extrem früh, weil noch Sommerzeit war und die Zeit zwei Stunden vorgestellt war.

Wir tranken Milchkaffee und schmierten uns Brote zum Mitnehmen fürs Frühstück und für Mittags. Dann griffen wir Brote und Schulranzen und rannten den Schulberg hinunter und langsamer den Weg zum Bahnhof wieder hoch. Wir hatten keine Uhren und wussten folglich nicht genau, wie spät es war. Darum lauschten wir an der Kreuzung und konnten nach kurzer Zeit der Übung genau sagen, ob unser Zug noch in Anröchte oder schon in Mellrich war. Je nachdem ging es im entsprechenden Tempo weiter zum Bahnhof, der ja ausserhalb des Dorfes lag. Oft gelang es uns gerade noch, auf den letzten Wagen hinten zu klettern bzw. uns hochziehen zu lassen. Das gab immer ein Geschrei! In Belecke warteten wir dann auf den Zug nach Rüthen. Dort angekommen, galt es noch den elendlangen Berg zur Schule hoch zu laufen.

Schulschluss war auch hier immer um 13.00 Uhr, aber unser Zug fuhr erst um 14.00 Uhr. Bei schönem Wetter gingen wir ihm eine Station entgegen, nach Altenrüthen, quer über den Sportplatz. Gegen 15.00 Uhr waren wir endlich wieder zu Hause, rechtzeitig zum Kaffee. Die Hausaufgaben wurden dann teilweise sofort, aber auch noch nach dem Abendbrot gemacht, in der warmen Stube.

Gerade zu Anfang, als die Züge nur sporadisch oder gar
nicht fuhren, brachte uns Vater mit dem Trecker mit seinen
25 PS bis nach Rüthen und holte uns auch auf halbem Weg
wieder ab. Die Fahrt ging von seiner Zeit ab, war ihm aber
prioritär. Das ging natürlich auch nur so lange, wie noch
genug Diesel im Fass war. Nachschub davon war noch
nicht in Sicht.

Im Dorf und der Umgebung hatten wir jetzt viel Abwechslung durch die vielen Festivitäten, die im Laufe eines Jahres
so stattfanden und jetzt so richtig wieder aufkamen.
Veranstaltungen, die es mehrere Jahre nicht gegeben
hatte. Kirchliche und weltliche Veranstaltungen wechselten
sich ab. Die Teilnahme an den kirchlichen war für die
Kinder, die schon zur Schule gingen, obligatorisch. Die
weltlichen, wie Schützenfest oder Kirmes, besuchten wir je
nach zur Verfügung stehendem Geld oder Zeit. Lust auf
Abwechslung hatten wir sowieso immer, wie alle Kinder.

Schützenfest war natürlich das grösste, je älter ich wurde.
Schützenfest in Bu. fand immer anfangs Juli statt von
Samstag Abend bis Montag Abend, ganz egal, wie das
Wetter war. Allerdings war Schützenfest hier für uns immer
heikel gewesen, solange Oma noch lebte: weil das Fest
beim einzigen Wirt des Dorfes stattfand, in der "Mörder-
Wirtschaft" stattfand, war unsere Familie natürlich nicht
gegangen, solange die Onkels und Tanten noch auf dem
Hof waren: Die wären wild geworden. Vater ging dann aber
später doch, und wir mit ihm. In den Jahren 1940 - 1946 fiel
Schützenfest aus. Nach dem Krieg war dann sowieso alles
anders. Uns Heranwachsende interessierte das Dorf-
Schützenfest erst ab Anfang der 50er Jahre: Zu dieser Zeit
war die Veranstaltung bereits auf die Schützenwiese in ein
Riesenzelt verlegt worden. Es fand also nicht mehr in der
Scheune des Dorfwirtes statt. Da ging dann erstmalig auch
unser Vater mit. Er wurde später sogar Mitglied im
Schützenverein.

Insgesamt fanden in der näheren Umgebung übers Jahr verteilt sicher 20 Schützenfeste statt, die man bequem sonntags Nachmittags zu Fuss erreichen konnte. Am liebsten war uns das Vogelschiessen der Anröchter Junggesellen, hinterm Wald von Mellrich. Tanzen und mit den Freunden und Bekannten reden war das wichtigste. Hansjosef und ich kamen meist nur in den Musikpausen zum Reden: drei oder vier von unseren Schwestern wollten gerne tanzen und wir mussten einspringen, wenn sie einmal keinen Partner gefunden hatten. Aber wir "bewegten" sie durchaus freiwillig, denn auch wir tanzten gerne. Noch lieber allerdings mit den anderen Mädels.

Meistens standen wir in Gruppen zusammen an der langen Theke. Zwischendurch machte einer zwar mal Pause, tanzte mit einem Mädel, kehrte dann aber wieder zurück zu Theke. Die Mädels, die in diesem Kreis dabei waren, waren meist "feste Freundinnen".

Nach dem Krieg war es besonders interessant: Niemand durfte Waffen haben, also wurde der Vogel im ersten Jahr mit Keulen abgeworfen. Bereits in 1948 hatten die Schützenvereine neu die Erlaubnis, mit Armbrust zu schiessen. Es hat uns fasziniert, dass das erlaubt war. Ein Treffer mit einer Armbrust ist doch mindestens so tödlich wie ein Gewehrschuss, oder nicht?

Ganz neutral ging es beim Vogelschiessen natürlich nicht zu. Einmal Schützenkönig zu sein, war eine Supersache und bedeutete auch „viel Ehr", war aber teuer. Es hat sich folglich bei den ca. 50 Familien im Dorf so ergeben, dass jeder Bauer und so manche Tochter einer Familie einmal in ihrem Leben König oder Königin waren. Unser Vater allerdings nie: Dafür wäre sowieso kein Geld da gewesen. In 1956 allerdings war Louise Schützenkönigin, zusammen mit Fritz Boers.

Sehr viel später, 1978, war übrigens auch Hansjosef Schützenkönig, zu einer Zeit, als es dem Hof schon so gut ging, dass er es sich sogar leisten konnte, seine eigene Frau zur Schützenkönigin zu wählen.

Zu dieser Zeit war ich schon lange als Lehrer tätig, verheiratet und hatte drei Kinder. Hätten meine Frau und ich die Wahl gehabt, wären es noch ein paar Kinder mehr geworden...

Luxus ist meiner heutigen Meinung nach immer noch 1) die leckere Schnitte Brot und 2) fliessend warmes Wasser samt Abfluss. In der Reihenfolge. Alles andere kommt danach.

Nachwort

Alles im Leben verläuft in Bögen. Das Äussere meiner Schwiegereltern erinnert ebenfalls auffällig an Pat und Paterchon (Sie erinnern sich?), nur ist er diesmal lang und dünn und sie klein und äh, nun, das Gegenteil. Witzig, bin gespannt, wie es bei meinen Kindern sein wird.

Und nun tauchen wir wieder in der Gegenwart auf. Liebe Leserin, lieber Leser, schön dass Sie mit mir eine kleine Zeitreise gemacht haben. Ich hoffe, sie hatten ebenso viel Spass wie ich und konnten eine kurze Auszeit geniessen.

Mit bestem westfälischen Gruss
Anna Mira Lindholm